Ria La Forêt

Tote Jungs küssen besser

Ria La Forêt

Tote Jungs küssen besser

Wie date ich einen Vampir
und andere Unsterbliche?

cbj

cbj ist der Kinder- und Jugendbuchverlag
in der Verlagsgruppe Random House

*Für die Toten,
die wir lieben,
und die Helden,
die es mit uns aushalten.*

*Mehr auf:
www.tote-jungs-kuessen-besser.de*

Mix
Produktgruppe aus vorbildlich bewirtschafteten Wäldern und anderen kontrollierten Herkünften
www.fsc.org Zert.-Nr. SW-COC-003532
© 1996 Forest Stewardship Council
FSC

Verlagsgruppe Random House FSC-DEU-0100
Das FSC-zertifizierte Papier für dieses Buch
Tauro von Sappi liefert Berberich.

Gesetzt nach den Regeln der Rechtschreibreform

1. Auflage 2010

Lektorat: Ivana Marinović
Umschlagbild und Innenillustrationen: Isabelle Metzen
Umschlaggestaltung: Zeichenpool, München
IM · Herstellung: AnG
Satz: Buch-Werkstatt GmbH, Bad Aibling
Druck und Bindung: Finidr, s.r.o., Český Těšín
ISBN 978-3-570-13876-2
Printed in the Czech Republic

www.cbj-verlag.de

Inhalt

Suchen wir nicht alle den einen,
der anders ist?

Ein kurzes Wort vorweg ...

Hast du genug von den langweiligen Jungs aus deiner Schule oder Nachbarschaft? Dann ist es Zeit für einen Unsterblichen an deiner Seite!

Wir Menschen sind nicht gern allein – und Unsterbliche sind es auch nicht. Zumindest nicht für länger, auch wenn sie »Zeit« wohl ein wenig anders bewerten.

Willst du nicht für immer als Mauerblümchen allein dahinsiechen, solltest du mit anderen Kontakt aufnehmen. Mit Jungs. Seien es nun sterbliche oder unsterbliche. Es gibt verschiedene Wege, um mit einem süßen Typ ein paar Blicke und ein Lächeln auszutauschen, vielleicht sogar auch ins Gespräch zu kommen – mit ihm zu flirten und ihn anzubaggern. Wir zeigen dir ein paar – und du probierst sie aus.

Klingt einfach – ist es meistens auch. Na ja, bei Unsterblichen kann es manchmal etwas schwieriger werden. Mach dir nichts draus, wenn es nicht gleich klappt. Dann versuch es einfach beim nächsten Jungen noch mal.

Wir verraten dir hier ein paar der beliebtesten und bewährtesten Flirttricks. Und schon kann es losgehen – mach dich auf die Suche nach deinem persönlichen Immortal Traumtyp und dem einen unsterblichen Kuss!

Immortal Tipp

Eine gesunde Portion Selbstbewusstsein hilft immer. Genauso wie das passende Make-up und ein lässiges Outfit, in dem du dich wohlfühlst.

Die Basics: Flirten, Daten, Knutschen und mehr

Stehst du auf romantische Vampire, sexy Werwölfe, verführerische Elfen oder eher auf die kumpelhaften Zwerge? Welcher Unsterbliche ist dein Traumprinz?

Natürlich kannst du einfach mal alle Typen anbaggern, die deinen Weg kreuzen. Allerdings wirst du auf diese Art wohl ziemlich lange brauchen, bis du den einen richtigen findest (und unsterbliche Jungs trifft man nicht so oft). Außerdem kannst du leicht an den Falschen geraten, und das kann dann böse enden.

Deshalb überleg dir lieber vorher, wer zu dir passen könnte.

Der folgende Test hilft dir dabei, genau das herauszufinden! Kreuz einfach deine Antworten auf die Fragen an. Hinter jeder Antwort findest du das passende Immortal-Symbol. Vermerke sie und zähle dann aus, wo du die meisten Treffer hast. Jetzt kannst du nachschauen, welcher unsterbliche Lover genau dein Typ ist und in welchem Kapitel du die Tipps und Infos zu deinem Immortal findest.

Und jetzt los mit den Fragen!

Welcher Unsterbliche passt zu mir?

1. Was wünschst du dir von deinem Süßen zum Geburtstag?

a. Bungee Jumping ist toll!

b. Nachts durch den Wald stiefeln hat was – gerne auch in Gruppen!

c. Ganz klar: Da kommt nur ein Candle-Light-Dinner infrage!

d. Picknicken auf einer Sommerwiese – davon träume ich!

e. Rumhängen und Nichtstun ist super!

2. Wie wichtig sind dir Aussehen und Größe?

a. Zu behaart sollte er nicht sein.

b. Es kommt mir auf die inneren Werte an.

c. Ich mag durchtrainierte Männer.

d. Er kann anziehen, was er will. Ich weiß, dass unter den Klamotten ein heißer Typ verborgen ist.

e. Ich mag elegante, schlanke Jungs.

3. Wie launisch bist du?

a. Wenn ich schlechte Laune hab, motze ich gerne und ausgiebig!

b. Ich bin eigentlich immer gut drauf!

c. Ich grüble ziemlich oft …

d. Ich bin ruhig und gelassen.

e. Mir ist manchmal alles zu viel.

f. Ich bin gutmütig.

4. Mit Treue und bedingungsloser Loyalität kann man dich ködern?

a. Uh, also einen Klammeraffen brauch ich nicht – ich liebe meine Freiheit!

b. Er soll für mich da sein – egal, was kommt!

c. Er soll für mich da sein – und mich vor den anderen Jungs verteidigen!

d. Ich mag ja selbst Abwechslung – da darf er auch mal links und rechts schauen!

e. Natürlich! Was ist das denn überhaupt für eine Frage?

5. Du musst eine wichtige Entscheidung treffen!

a. Ich frage meine Freunde um Rat.

b. Ich höre auf mein Herz und baue auf meine Gefühle.

c. Ich analysiere die Situation und entscheide dann.

d. Ich verkrieche mich einfach.

e. Ich geh tanzen, das macht den Kopf frei!

6. Bist du naturverbunden?

a. Ich kenne so ziemlich alle Blumenarten bei uns in der Gegend.

b. Ich liebe Wälder, sie sind so magisch.

c. Mir ist egal, wo ich bin. Hauptsache bei ihm!

d. Wald. Blümchen. Bienchen. Uhhh. Lieber Großstadtgetümmel!

e. Wald. Blümchen. Bienchen. Uhhh. Ist mir vollkommen egal. Solange niemand nervt!

f. Mir ist einfach alles wichtig – die ganze Schöpfung …

7. Action, Action, Action – dir kann's nicht turbulent genug sein?

a. Am allerliebsten bin ich nur mit ihm zusammen!

b. Puh, nee, lieber tief durchatmen und alles etwas langsamer angehen!

c. Bei mir muss immer was los sein – Hauptsache waghalsig!

d. Mit der Clique um den Block ziehen, das ist es!

e. Alleinsein genieße ich!

8. Ein knutschendes Pärchen mitten im Park! Was denkst du?

a. »Mann, genau das will ich auch!«

b. »Haben die nichts, wo sie hingehen können?«

c. »Superromantisch, die sind ganz schön verliebt!«

d. »Knutschen ist klasse, aber Sex muss echt nicht sein!«

e. Ich schaue weg und denke gar nichts.

9. Dir ist langweilig – was tust du?

a. Ich ruf ihn an und wir treffen uns nach der Abenddämmerung im Park.

b. Ne SMS losgeschickt – und wir treffen uns gleich vor DEM angesagten Club.

c. Ich kuschel mich aufs Sofa.

d. Ich schau fern. Könnte was über ihn kommen …

e. Ich such im Internet nach Zombiemeetings – und dann zieh ich los!

10. Etwas ist furchtbar schiefgelaufen – was tust du?

a. Ich hoffe drauf, dass mich jemand rettet.

b. Ich denke nicht lange nach und box mich selbst raus.

c. Ich weiß nicht, was ich tun soll – ich schreie laut!

d. Ich ruf meine Clique an – die sind sofort da!

e. Meine beste Freundin kriegt eine letzte SMS.

Auswertung

Du hast alle Symbole ausgezählt? Welches hast du am häufigsten als Antwort gewählt? Schau gleich nach, welcher Traumtyp am besten zu dir passen könnte – wir übernehmen aber keine Gewähr!

Der Vampir – Romantik pur – du hast dich fürs Mysteriöse entschieden! Dein Typ darf gerne manchmal undurchschaubar sein. Im einen Moment bist du ihm ganz nah, dann weißt du wieder nicht, was überhaupt in ihm vorgeht. Langweilig wird's mit ihm nie!

Der Werwolf – Du bist ein Mensch, der auf Nähe und Geborgenheit steht! Dein Typ ist ein echtes Gruppentier; in seiner Clique fühlt er sich wohl, du kannst dich auf ihn verlassen. Außerdem ist er super durchtrainiert und achtet auf seinen Body. Animalisch anziehend!

Der Elf – Deine romantische Ader kannst du nicht verleugnen! Dein Typ ist genauso veranlagt; du kannst mit kleinen Geschenken und Aufmerksamkeiten rechnen. Außerdem ist er der geborene Verführer. (Frische Luft und gesunde Ernährung inklusive!)

Der Engel – Du bist hilfsbereit und nett! Dein Typ hilft auch gerne und viel, ist aufmerksam und zuvorkommend. Ein Gentleman der besonderen Art! Doch mehr als Kuscheln ist nicht drin.

Der Geist – Du hast gute Verbindungen in spirituelle Welten! Dein Typ ist zwar undurchsichtig, aber dennoch greifbar. Er hat eine interessante Vergangenheit und viel zu erzählen. Freu dich auf lange Abende vorm Kamin!

Der Dämon – Du hast dich immer fürs Abenteuer entschieden! Dein Typ steht auch auf Adrenalinschübe und ist ein echter Kerl. Sexy, selbstbewusst und immer gut drauf. Doch zieh dich warm an, er nimmt keine Rücksicht auf Verluste!

Der Zombie – Du bist eher nüchtern veranlagt! Mit romantischem Gesäusel kannst du nichts anfangen. Aussehen ist dir nicht wichtig, dafür aber das langsame Kennenlernen, das komplett Unberechenbare in einer Beziehung. Die Adrenalin-Nummer schwächt sich mit der Tiefe der Beziehung ab – genau das, was du wünschst!

Der Zwerg – Du bist naturverbunden und bodenständig! Dein Typ ist erdverbunden, ein echt guter Kumpel, jemand zum Pferdestehlen. Vollkommen egal, dass er nicht der Schönste ist! Beim gemeinsamen Arbeiten am Amboss kommt ihr euch näher!

Flirten, Daten, Anbaggern – worüber reden wir hier eigentlich?

Flirttipps für Anfängerinnen

Manche Begegnungen verschlagen einem den Atem. Dann steht man sprachlos da, stammelt unzusammenhängende Sätze und sondert sinnfreies Gebrabbel ab.

Das ist für uns Menschen zwar verständlich – man nennt diesen Zustand akutes Verliebtsein – beim Flirten mit Unsterblichen führt es in der Regel jedoch nicht zum Ziel. Der Typ wird sich bestenfalls amüsieren, schlimmstenfalls langweilen. Das willst du beides nicht – du willst ihn verführen und verführt werden. Oder?

Also ist es empfehlenswert, beim Erstkontakt vollständige und, wenn möglich, auch einigermaßen sinnvolle Sätze von sich zu geben.

Wenn er also leise sagt: »Vielleicht sieht man sich wieder …«, dann schieß nicht vor lauter Herzrasen ein »Du spinnst ja wohl!« zurück, sondern murmle etwas, was er auch als »Ja« interpretieren könnte.

Hier ein paar Flirttipps. In Ermangelung an Unsterblichen haben wir sie nur an den Jungs aus unserer Straße probiert. Hat geklappt!

Hingucken, weggucken

Ja, zugegeben – der Tipp stammt von meiner Oma. Er funktioniert aber immer noch, zumindest bei etwas zurückhaltenden Jungs. Du schaust ihn an, wenn er zurückguckt, senkst du – vermeintlich schüchtern – die Augen. Nach einer Weile und mit gekonntem Augenaufschlag guckst du wieder zu ihm rüber. Dazu noch ein kleines Lächeln – und er wird dahinschmelzen wie Schokoeis in der Sonne.

Typ: Gut geeignet bei etwas schüchternen oder romantischen Typen, zum Beispiel Elfen oder Geistern
Ort: Im Prinzip überall, am besten in der Bibliothek oder auf einer Wiese (Nutze die Zeit, wenn du die Augen senkst, um dir Blumen ins Haar zu flechten. Darauf stehen Elfen!)
Erfolgsquote: Bestimmt schaut er zurück!

Offensiv rübergucken und lächeln

Nicht ganz so subtil wie die erste Variante, dafür aber eine unmissverständliche Botschaft. Eignet sich eher bei etwas cooleren Typen.

Wir empfehlen, auch hier den gekonnten Augenaufschlag einzusetzen – sonst wird das »intensive Anschauen« schnell ein »Anstarren« und darauf stehen die wenigsten Typen.

Typ: Nur was für Draufgänger, nicht geeignet für Kurzsichtige. Probier es mal bei einem gefallenen Engel oder Dämon.
Ort: Cafés und Discos sind optimal.
Erfolgsquote: Ein Lächeln dürfte dir sicher sein …

Direkt ansprechen

Wenn du lange genug geguckt und gelächelt hast und deine Geduld nicht sonderlich groß ist, dann sprich ihn an. Ein lockerer Spruch, ein nettes Grinsen, und schon seid ihr im Gespräch.

Tipp: Natürlich sind Sprüche übers Wetter und sein Outfit ein wenig abgegriffen. Aber mit einem Kompliment über seine gut sitzende Jeans dürftest du trotzdem mehr punkten als mit deinen letzten Überlegungen zum tieferen Sinn des Lebens, außer dein Schwarm ist ein Philosoph.

Typ: Werwölfe, Dämonen, Zombies – oder der nette Typ von nebenan
Ort: Im Prinzip überall
Erfolgsquote: Ihr seid im Gespräch. Aber für wie lange?

Telefonnummer geben und gehen

Die extravagante Variante: Schreib deine Telefonnummer auf das nächste Stück Papier, das dir in die Finger kommt – eine Serviette, eine Rechnung, ein Zeitungsrand – und schieb es ihm zu. Schau ihm tief in die Augen, lächle – und geh. Die Wahl liegt nun bei ihm. Wenn er mutig ist, ruft er dich an.

Wenn er es nicht ist und sich nicht bei dir meldet – kein Verlust. Du willst schließlich einen Helden, kein Weichei.

Typ: Gut geeignet bei selbstbewussten Jungs wie Werwölfen
Ort: Café, Disco, Bar
Erfolgsquote: Eher gering, aber man kann's ja mal probieren.

Immer wieder hingehen

Die Variante für Feiglinge: Du hoffst, dass er dort, wo du ihn gesichtet hast, regelmäßig hingeht und du beim zweiten Treffen bessere Chancen hast. Das kann klappen – wenn du ihn zum Beispiel beim Joggen, Tischtennisspielen oder in der Bibliothek gesehen hast. War es eine zufällige Begegnung auf der Straße, dann sind deine Chancen minimal. Aber du hast eine schöne Beschäftigung während der nächsten Wochen …

Typ: Wenn es nicht so hoffnungslos wäre, dann wäre es für Romantiker geeignet, für Geister zum Beispiel, die sind meist an einen bestimmten Ort gebunden, Vampire (seine angestammte Schlafstätte) – aber auch für Zwerge, die hängen auch immer im selben Garten rum.
Ort: Sportverein, dann bleibst du wenigstens fit, oder Burgruine, Friedhof, Stadtpark
Erfolgsquote: Stehst du auf Mathematik? Bei zufälligen Begegnungen ist die Wahrscheinlichkeit, dass man einander wieder begegnet, abhängig von verschiedenen Faktoren, wie z. B. der Rotationsgeschwindigkeit der äußeren Planeten. Kauf lieber ein Lotterielos, da sind die Chancen auf den Hauptgewinn höher!

Etwas fallen lassen

Zuletzt wollen wir dir noch den Klassiker unter den Flirtmethoden vorstellen: etwas fallen lassen oder umwerfen und sich beim Aufheben helfen lassen.

Das Wichtigste ist, dass es natürlich wirkt – und zwar elegant natürlich, nicht ungeschickt und unbeholfen. Das erfordert, wir geben es offen zu, ein wenig Übung – ist aber ein sehr erfolgreiches Mittel, um mit deinem Schwarm ins Gespräch zu kommen. Du trägst ein Tablett mit Kaffee (nicht zu heiß), einen großen Stapel Bücher, einen Korb voller Obst? Wunderbar! Schau ihn an, lächle und wirke dabei so aus der Welt gefallen, dass du deine Umwelt nicht mehr wahrnimmst. Und nun kommt dein Auftritt: zittere (nur ein wenig), stolpere (ganz gekonnt) oder stoß irgendwo an (aber tu dir nicht weh!) – und lass fallen, was du gerade in der Hand hältst. Wenn er deinen Blick gesehen hat, wird er dir zu Hilfe eilen und den Kaffee abwischen, die Bücher aufsammeln und die wegkullernden Blutorangen auflesen. Bedanke dich – und schon seid ihr im Gespräch!

Hilft er dir nicht, sondern grinst nur schief, ist er kein Gentleman – und für dich steht fest: Mit einem wie ihm willst du dich sowieso nicht einlassen.

Typ: Er kann dir seine charmante Seite zeigen – und das machen eigentlich fast alle Männer gern, vor allem aber natürlich die Gentlemen unter den Immortals – Vampire, Werwölfe und Engel.
Ort: Im Prinzip überall; Supermärkte, Busse und Cafés sind aber besonders geeignet
Erfolgsquote: Ziemlich hoch (Vorausgesetzt, ein Vampir oder Engel ist in der Nähe. Sonst eher gering.)

Wie schaff ich es, dass er zu mir rüberschaut?

Das ist bei normalen Jungs schon schwer, bei Unsterblichen eine Herausforderung für Profis. Der einzige Tipp, den wir hier geben können, ist, immer ein freundliches Lächeln parat zu haben. Und zwar nicht geschäftsmäßig freundlich wie die Kassiererin im Supermarkt, sondern ein Lächeln für IHN.

Strahlende Augen und ein freundlicher Blick wirken vor allem bei Werwölfen und Vampiren Wunder! Auch bei Elfen schadet es nicht (guckst du griesgrämig, wird kein Elf auch nur ein einziges Wort mit dir wechseln). Bei Zombies hingegen ist ein Lächeln total überflüssig. Er wird es eher lästig finden.

Was ist das eigentlich, »Liebe«?

Interview mit einer Expertin, Frau Prof. Dr. Svetlana Lamien, Neurologin an der Uni B.

Kann sich eigentlich jeder verlieben?

Im Prinzip: Ja. Bei manchen geht es recht schnell, andere haben eine etwas härtere Schale …

Verlieben sich Mädchen leichter als Jungs?

Darüber ist mir nichts bekannt. Vielleicht kenne ich aber auch einfach nicht genug Mädchen. Oder nicht genug Jungen. Ich weiß nicht.

Was passiert beim Verlieben?

Um es klar zu sagen, die Körperfunktionen ändern sich. Es werden mehr Hormone ausgeschüttet. Es ist, als ob man »high« wäre.

Ist das eigentlich angenehm?

Sie meinen, dieses Gefühl, in Wolken zu baden, auf Sonnenstrahlen zu tanzen und selbst den Briefträger glücklich anlächeln zu wollen? Die Schmetterlinge im Bauch und die grundlose Freude? Na ja, wenn sie nicht gerade depressiv oder verrückt sind, gehe ich davon aus, dass die meisten es als angenehm empfinden. Vor allem, wissen Sie, was Sie sparen? Sie sind high, allein dank Ihrer körpereigenen Stoffe!

Hört das auch wieder auf?

Wollen Sie das denn?

Hm, wenn ich es mir recht überlege …

Verliebtheit ist immer nur ein zeitweiliger Zustand. In dieser Phase glorifiziert man den anderen. Sie wissen schon, die rosarote Brille. Lernt man den anderen kennen, muss man sich damit auseinandersetzen, wie er wirklich ist.

Manche landen dann ganz schön hart auf dem Boden der Tatsachen. Kann auch sein, dass Sie immer noch begeistert sind – dann wandelt sich das Verliebtsein in Liebe.

Verändert sich das Gehirn beim Küssen?

Was meinen Sie?

Ich meine, irgendwas passiert da ja …

Serotonin-Ausschüttung etc. Veränderte Wahrnehmung. Wie gesagt, manche zahlen richtig Kohle für so einen Trip.

Diese Frage ist sicher für viele Mädchen interessant: Verbraucht man beim Küssen Kalorien? Und wenn ja, wie viele?

Das kommt darauf an, wie heftig Sie rumknutschen. Aber prinzipiell: Ja. 30 Minuten Küssen verbrennt ungefähr 420 Kalorien – das entspricht 30 Minuten Staubsaugen plus eine Stunde leichter Hausarbeit wie Abwaschen. Also, ich wüsste, was ich hier vorziehen würde.

Pheromone? Können Sie uns dazu was sagen?

Na klar! Sie kennen doch sicher den Ausspruch »die zwei können sich nicht riechen«. Hier drückt der Volksmund aus, was wir auch wissenschaftlich beweisen können: Über den Geruch werden unglaublich viele Botschaften übermittelt. Sympathie ist eine davon. Im Tierreich wissen viele Männchen allein über den Geruch, ob ein Weibchen paarungsbereit ist.

Woher weiß man, dass es der Traumprinz ist?

Es macht »Klick«. Fragen Sie nicht nach, Sie wissen es einfach.

Aha. Das ist ja sehr aufschlussreich. Vielen Dank für das Gespräch und noch einen schönen Tag, Frau Professor.

Danke. Ihnen auch alles Gute und noch ein langes, gesundes Leben voller Liebe.

Die größten Dating-Fehler mit Unsterblichen

Natürlich, es ist noch keine Meisterin vom Himmel gefallen. Und es geht immer mal wieder was schief, so ist das Leben eben. Doch mit Unsterblichen hat man meist nicht so viele Chancen … und man hat ja auch nur ein Leben.

Deshalb hier ein paar Hinweise auf Fehler, die du beim Umgang mit (un)toten Jungs besser vermeiden solltest:

Sterben, wenn man eigentlich gerettet werden will
Ja, klar – es ist wunderschön, wenn man vom Mann seiner Träume gerettet wird. Und die meisten Unsterblichen tun das auch zuverlässig und gern. Aber trotzdem sollte man auf der Hut sein. Kommt er dann doch mal einen Wimpernschlag zu spät, springt er nicht weit genug, greift er nicht fest genug zu – dann kann es tödlich enden. Und bekanntlich ist es dann für Reue zu spät …

Einschlafen
Das kannst du in langweiligen Mathestunden oder in Bio, aber nicht bei einem Date. Auch nicht, wenn es sich um ein Nachtgeschöpf handelt und du eigentlich dringend deinen Schönheitsschlaf brauchst. Stell einfach deinen Biorhythmus um, halt vor dem Date ein Mittagsschläfchen oder trink entsprechend mehr Kaffee.

Zwei gleichzeitig daten
Darauf stehen gewöhnliche Sterbliche nicht und Unsterbliche schon mal gar nicht. So kannst du richtig Ärger kriegen – also, lass die Finger vom süßen Elf, solange du dich mit dem schnuckeligen Werwolf triffst!

Ungesunde Ernährung
Es gibt zwar Unsterbliche, denen das total egal ist, aber einigen ist es wichtig, dass du dich gesund ernährst. Mit erhöhten Fett-

werten, zu hohen Blutzuckerwerten und Ähnlichem kommen Vampire nicht so gut klar. Auch Elfen haben es lieber, wenn du frisch zubereitete Speisen zu dir nimmst oder Rohkost bevorzugst. Nur bei Dämonen und Zombies kannst du bei ziemlich allem zulangen.

Anhänglichkeit

Klar, wissen wir alle: Als frisch verliebtes Paar schwebt man in einer rosaroten Seifenblase für zwei und will alles nur noch gemeinsam machen. Das ist verständlich und ging uns allen schon so. Aber Klammern ist was anderes. Also sei gewarnt: Menschen finden es vielleicht für eine ganze Weile entzückend, Unsterbliche nervt es schon nach kürzester Zeit. Wer will schon eine Klette am Bein haben? Und dann noch eine, die man ständig retten muss …

Punkte auch mal mit Schwäche

Wir sagen es nicht gern: Lara Croft ist nicht der Typ, auf den Unsterbliche stehen. Die taffe Alleskönnerin mit der Superfigur, intelligent, selbstständig, hart im Nehmen und Austeilen, quasi unschlagbar und immer auf sich gestellt – das darfst du alles sein, nur: Lass ihm ab und an die Illusion, auch mal was zu leisten! Schließlich willst du einen Unsterblichen daten – und die lieben dich für deine »Menschlichkeit«. Deine Schwäche, deine Verletzbarkeit, ja auch deine Sterblichkeit – das alles übt einen faszinierenden Reiz auf sie aus.

Verdirb ihnen also nicht den Spaß, wenn sie dir mal wieder das Leben retten wollen.

Und wenn's dann doch schiefgeht?

Hast du überlebt? Dann hattest du Glück.

Trotzdem solltest du ein paar Sicherheitsmaßnahmen nie vergessen. Wir reden hier nicht nur über Verhütung.

- Kannst du deinen Freunden vertrauen? Bei Abenteuern mit diesen Jungs kann eine gute Freundin, auf die man sich immer verlassen kann, die deine Tränen trocknet und deine Wunden verbindet (obwohl es hoffentlich so weit nie kommt!) lebenswichtig sein. Hinterleg auch immer deine Telefonnummer bei ihr. Die Nächte mit Unsterblichen können manchmal sehr lang werden …
- Absolvier einen Meditationskurs! Unsterbliche haben Zeit, viel Zeit. Die menschliche Angewohnheit, möglichst viel in möglichst kurzer Zeit zu erleben, ödet sie an. Vergrätz deinen Liebsten nicht mit unnötiger Hektik.
- Regel dein Testament. Wir reden hier über Unsterbliche. Sie haben schon viele Menschen kommen und gehen sehen …

Ein paar Worte zu Handys, iPhones und anderen Gadgets

Dein Schwarm mag noch so modern sein, sich mit Handys, Internet etc. bestens auskennen und virtuos in die Tasten hauen. An einer Stelle ist er total altmodisch: Er würde nie ein Telefongespräch führen, bei dem andere einfach zuhören können. Uncool! Und gefährlich!

Wenn es um Herzensdinge geht, will er das von Angesicht zu Angesicht mit dir klären. Diskretion ist eine Selbstverständlichkeit für ihn, sie ist für ihn und seinesgleichen quasi lebensnotwendig. Denk dran, die Existenz von Unsterblichen ist immer wieder gefährdet. Er würde nie freiwillig die Öffentlichkeit suchen und er würde auch nicht im Traum darauf kommen, persönliche Dinge bei Facebook bekannt zu machen, per SMS mit dir Schluss zu machen oder rasch einen Blogeintrag zu verfassen, wie furchtbar du doch bist. Das kann dir mit Sterblichen passieren, doch nicht mit einem Unsterblichen – dafür sind sie viel zu romantisch.

Der Immortal Shopping-Guide

Du bist frisch verliebt? Dann willst du dich nicht nur toll fühlen, sondern auch so aussehen. Mit dem richtigen Outfit bist du noch eine Nummer selbstbewusster – und die Basics gibt's auch zu Taschengeldpreisen.

Schließlich solltest du nicht erwarten, dass dein Schwarm für alles bezahlt. Eine gewisse Grundausstattung für deinen umwerfenden Auftritt kannst du dir selbst zulegen. Übrigens hilft es, die beste Freundin beim Einkaufen mitzunehmen …

Das gehört dazu:

Kussfester Lippenstift. Der ist ein bisschen teurer, die Investition lohnt sich aber. Schließlich will keiner der Jungs mit verschmierter roter Farbe im Gesicht von seinen Freunden gesehen werden.

Dezentes Rouge (für besondere Anlässe). (Un)tote Jungs sind bekanntlich etwas blass, deswegen macht sie der rosige Hauch auf deinen Wangen total an.

Kajal und Wimperntusche. Die verleihen dir einen geheimnisvollen Blick und einen düsteren Charme. Auch perfekt, wenn du beispielsweise die Eltern deines süßen Vampirs oder Zombies triffst und einen guten Eindruck hinterlassen willst.

Duschbad/Lotion mit exquisiten, exotischen Nuancen –

Vanille, Rose, Patchouli … (Fast alle Unsterblichen habe ausgesprochen feine Nasen.)

Kleider und Klamotten, die deinen ganz persönlichen Stil unterstreichen. Selbst Jeans und ein stylisches T-Shirt können da schon Wunder wirken.

Gönn dir eine neue Zahnbürste, und zwar spätestens alle zwei Monate. Nichts törnt die Jungs mehr ab als Mundgeruch. Nur der Zombie lässt dir das durchgehen.

Du bist Brillenträgerin? Macht nichts, aber probier doch mal Kontaktlinsen aus. Bei vielen Abenteuern sind die einfach praktischer.

Schuhe. Klar, du willst chic aussehen. Doch die meisten Unsterblichen sind unglaublich fit – superschnell und superwendig. Natürlich kannst du da nicht mithalten, aber du willst auch nicht in klapprigen Stöckelschuhen hinterherwackeln. Die High Heels solltest du daher für besondere Gelegenheiten aufsparen.

Jahreskarte im Fitnessstudio. Sicher kommst du schon beim Anblick seiner Muskeln ins Schwitzen, doch beim Sprint über die Dächer der Stadt solltest du mithalten können …

Kerzen, Decken, Picknickkorb – auch Unsterbliche stehen auf Romantik pur und treiben sich gerne draußen herum.

Mückenspray. Keine Chance für die Blutsauger, egal wie groß sie sind!

Immortal Kisses …
… und was sie bedeuten

Du bist tatsächlich mit deinem neuen Schwarm ausgegangen. Ihr hattet Spaß, oder so was in der Art, und dir ist klar, »es geht weiter«! Jetzt seht ihr euch öfter, und ihr kommt euch auch körperlich näher. Es bleibt nicht allein beim Händchenhalten.

Klar, es ist weit verbreitet, dass man sich zum Abschied ein Küsschen auf die Wange gibt. Oder zur Begrüßung. Viele machen das, vor allem Franzosen. Aber Unsterbliche?

Wir dürfen dir zumindest eins vorab verraten: Tote Jungs küssen einfach besser! Sie sind schon eine Weile auf dieser Welt und hatten Zeit zu üben (hm, leider nicht mit dir) – im Gegensatz zu dem netten Jungen aus deiner Nachbarschaft, der gerade erst die »Mädchen-sind-doof«-Phase hinter sich bringt und mit seinen ersten Pickeln zu kämpfen hat.

So weit wir wissen, küssen Unsterbliche nie »einfach nur so«. Wenn es nicht gerade ihrer Ernährung dient (Vampire, Zombies o.Ä.), ist es ein Zeichen allerhöchster Zuneigung. Wenn dein Liebster dir also ein Küsschen ins Haar drückt, ohne dich dabei zu verletzen, dann solltest du dich nicht nur freuen, sondern auch wissen, was es zu bedeuten hat.

Immortal Tipp

Wenn du dich wirklich mit einem Vampir, Dämon oder Zombie einlassen willst, solltest du dir gaaanz sicher sein, dass er der Richtige ist – oder dich vorher mit deinem Schutzengel abstimmen. Du wirst ihn mehr brauchen, als du denkst!

Wohin küsst er dich – und was hat es zu bedeuten?

Küsschen auf die Hand
Oh, dein Schwarm ist aber wirklich schon sehr, sehr alt. Diese Küsse bekommt man eigentlich nur von einem Kavalier der alten Schule, oder einem, der so tut als ob (Achtung, Schleimer!). Dein Süßer versucht dich anständig und wie eine Lady zu behandeln – und das ist sehr vielversprechend. Freu dich, ein Abenteuer wartet auf dich!

Küsschen ins Haar
Er findet deinen Duft attraktiv. Er mag dich. Er will mehr von dir.

Küsschen hinters Ohr
Wow! Er steht auf deinen Duft. Und er steht auf dich. Du hast das Glückslos gezogen und einen echten Romantiker unter den Unsterblichen um deinen Finger gewickelt. Genieß es, solange du noch kannst, – denn wenn es ein Vampir war, hatte er wohl eher Blutdurst.

Küsschen auf die Schulter (bei einem schulterfreien Kleid)
Er bewundert dich, aber er bleibt distanziert. Sei wachsam, entweder ist er schüchtern oder es gibt vielleicht Konkurrenz und das Ganze könnte böse für dich enden. Bei einem Vampir ist das dagegen ein Zeichen höchster Beherrschung und Wertschätzung; er hätte dich schließlich auch hinters Ohr küssen können, du weißt schon … Kurz: Dein Vampir meint es ernst.

Küsschen auf die Wange
Hat es dein Schwarm immer so eilig? Diese flüchtigen Küsse sind etwas Prickelndes, wenn man ahnt, dass weitere folgen. Verschwindet dein Süßer aber nach einem solchen Kuss, ist er wohl für immer weg.

Küsschen auf die Stirn

Er mag dich, aber er will, dass ihr nur Freunde bleibt und möchte dich nicht kränken! Vorsicht beim Zombie! Dein Duft mag ihn früher gereizt haben, jetzt ist es dein Hirn. Fange besser schon mal an, elegante Ausreden zu erfinden, um die nächsten Treffen abzusagen – dieses Verhältnis könnte ein gefährliches Abenteuer werden.

Küsschen auf den Mund

War das wirklich nur ein »Küsschen«? Wenn Immortals sich für den Mund entscheiden, dann wird es meist ein richtiger, echter Kuss. Prickelnd, aufregend und lang. Sehr lang! Vergiss also nicht, vorher tief Luft zu holen … und du wirst die Welt um dich herum vergessen.

Jetzt, wo du weißt, was ein Küsschen deines Immortals so alles bedeuten kann, solltest du noch einmal genauer in dich hineinhorchen: Wie stehst du zu seinen Kussfähigkeiten, und was sagen sie über eure Chancen für eine gemeinsame Zukunft aus? Mach gleich den nächsten Test …

Unsicher? Mach den Kusstest!

Küssen ist eine Kunst. Und Übung macht zwar manchmal den Meister, aber aus einem labberigen Zungenkuss noch kein feuriges Ereignis, das dich deine Umwelt vergessen lässt. Verlass dich daher als Zusatztest auf dein Gefühl beim Küssen deines Lovers. Ist er wirklich der Richtige? Ganz sicher?

Typ 1: Er küsst dich von oben herab. Nach kürzester Zeit hast du einen steifen Hals und bist total verkrampft, weil du versuchst, auf Zehenspitzen den blöden Winkel auszugleichen.
Fazit: Lass ihn sausen – er bekommt jetzt schon nicht mit, wie es dir geht, und das wird sich in absehbarer Zukunft auch nicht ändern!

Typ 2: Er küsst so leidenschaftlich zur Begrüßung, dass du vor lauter Verlangen jegliche Bodenhaftung verlierst.
Fazit: Ein solcher Kusskönner ist toll, ohne Zweifel. Aber überleg dir gut, ob du nur wegen des unglaublichen Sex' mit ihm zusammen bist oder ob es mehr gibt, was euch verbindet!

Typ 3: Er küsst irgendwie nie ganz richtig; mal ist es zu feucht, zu schlabberig, der Mund zu offen, der Rhythmus nicht deiner …
Fazit: Kleinigkeiten sind wichtig. Und Küsse sind noch nicht mal Kleinigkeiten. Wenn's hier schon hapert, kann Üben helfen. Wenn das allerdings nicht zu einer deutlichen Verbesserung beiträgt, ist alle Liebesmüh vergebens. Vergiss ihn – er passt nicht zu dir! Schluss, aus!

Typ 4: Er küsst dich ganz zaghaft vor deiner Haustür zum Abschied – seine Lippen sind sanft, du kannst ihren Abdruck noch spüren, wenn du längst in deinem Bett liegst.
Fazit: Das könnte was werden! Wenn ihr es langsam angeht und euch langsam mehr traut! Er hat eine echte Chance verdient!

Typ 5: Er küsst dich vollkommen unerwartet, unangekündigt, macht aus eurem Aufeinandertreffen von Lippen einen Kampf, der dich erschöpft und irgendwie sehr ernüchtert und enttäuscht zurücklässt …
Fazit: Lass die Finger von ihm! Er will keine Liebe, sieht dich nicht als gleichberechtigt an, sondern möchte in eurer Beziehung bestimmen! Wenn ihr euch schon besser kennt, sind solche Spielchen erlaubt, aber gleich mit einem versuchten Übergriff loszulegen, kann nicht der richtige Weg sein!

Typ 6: Du küsst ihn, hast dabei dein Lieblingslied im Kopf laufen … Es ist weder magisch noch brennendes Verlangen. Es ist unglaublich warm und willkommen und du fühlst dich daheim und lächelst an seinen Lippen. Vor dir liegt eine ganze Lebensspanne, die du mit ihm erkunden willst.
Fazit: Manchmal ist es nicht der große Knall, sondern das sanfte Ankommen. Du könntest deinen Traumprinz gefunden haben. Mach dich auf Überraschungen gefasst!

Nachdem du deine Vorlieben gecheckt hast, geht's jetzt ans Checken der einzelnen Immortals …

Der Vampir

Wer glaubt, etliches über Vampire zu wissen, der irrt. Die süßen Blutsauger sind längst nicht mehr alle über einen Kamm zu scheren. Seit ihren Anfängen haben sie sich weiterentwickelt, angepasst an Lebensumstände, von denen die ersten ihrer Art nicht einmal zu träumen wagten. Heutzutage mischen sie sich sogar unter normale Sterbliche, da sie weniger auffallen als in früheren Zeiten.

Die ersten Vampire aus den Karpaten waren alles andere als nette, umgängliche Vertreter. Ein einziger Vampir konnte ganzen Dörfern Tod und Verderben bringen. Zu dieser Altherrenriege gehören beispielsweise Dracula oder Nosferatu, die weder mit ihrem Aussehen noch mit ihrem Charme punkten konnten. Doch über die Jahrhunderte haben sich die Vampire zu dem entwickelt, was wir heute kennen. Im 18., 19. und 20. Jahrhundert treten die ersten Old-School-Vampire auf: elegant, selbstsicher, charmant, genussfreudig und wahnsinnig gut aussehend (Seufz!).

Sie waren es auch, die die Städte eroberten, sich aus den unwegsamen Bergen, aus kleinen abgelegenen Dörfern in Metropolen mit pulsierendem Leben aufmachten und auch in die neue Welt auswanderten. Ihre leichte Arroganz ist gepaart mit einer feinen Melancholie. London, Rom, Paris, New Orleans … Städte mit Flair hatten es ihnen besonders angetan.

Im ausgehenden 20. sowie 21. Jahrhundert tauchen schließlich die

New-World-Vampire auf; sie können sogar Sonnenlicht in Maßen ertragen, sind weder Machos noch Killer, sondern liebenswerte, gut aussehende Vertreter, die alles daran setzen, so menschlich wie möglich zu sein.

Bleibt festzuhalten: Wenn du auf der Suche nach dem richtigen Vampir bist, solltest du ein Auge darauf werfen, in welche Kategorie dein Schatz wohl gehört. Der traditionelle Vampir ist älter, aristokratischer – aber auf der anderen Seite auch ungezügelter, unberechenbarer. Vampire neuerer Prägung sind mit dem modernen Alltag bestens vertraut, machen Karriere als sexy Musiker, Models und Schauspieler und treten gar als Retter in schimmernder Rüstung auf. Dennoch solltest du auch bei diesen Exemplaren nie vergessen, dass der animalische Anteil sich nicht verleugnen lässt und unter speziellen Umständen ungebändigt durchbrechen kann.

Mit wem hast du es zu tun?

Aussehen: Egal was man über die Jungs sonst noch sagen kann, sie sind einfach die Hingucker schlechthin – schön, elegant, attraktiv, übernatürlich anziehend. Ihr Teint erfreut allerdings nicht die Sonnenanbeter: Sie haben helle, fast leuchtende Porzellanhaut, je nach Alter ist sie leicht transparent und mit verräterischen Äderchen sanft durchzogen. Doch am markantesten sind die verlängerten spitzen Eckzähne. Hat er Hunger, Lust oder ist er emotional aufgewühlt, zeigt er sie.

Alter: Schwierig. Vampire können jung oder alt aussehen, doch das hat nichts mit ihrem wahren Alter zu tun. Das Aussehen hängt nur davon ab, in welchem Alter sie zu Vampiren gemacht wurden oder in welchem Alter sie übergetreten sind. Wie alt die Jungs wirklich sind, will man manchmal gar nicht wissen, aber sie halten sich auf jeden Fall gut. Ein Vampir aus der Generation von Vlad ist z. B. über 500 Jahre alt. Doch zum Daten empfehlen wir die hübschen Jungen aus dem letzten Jahrhundert (da sind die kulturellen Unterschiede auch nicht so groß).

Besondere Merkmale: Heller, sonnenempfindlicher Hauttyp, spitze, verlängerte Eckzähne, sexy Augen und ein ausgeprägter Geruchssinn

Vorkommen: Auf der ganzen Welt

Vorlieben: Nachtaktiv, stehen auf Blut und Abwechslung, da sie meist schon ziemlich viel gesehen haben

Was hast du zu erwarten?

Abenteuer. Romantik. Lange, durchwachte Nächte. Heimlichkeiten. Wenn du Pech hast, auch weniger Freunde – entweder können sie beim besten Willen nicht nachvollziehen, was du an dem blassen Jungen findest, der sich seltsam benimmt, oder sie fallen seinem Hunger anheim … Rasante Fahrten auf schicken Maschinen könnten auch dabei sein. Außerdem: coole Clubbesuche mit geheimnisvollen Tänzern. Ein Lover an deiner Seite, der für dich über Leichen geht – im wörtlichen Sinn! Ein Immortal, der dich vergöttert und auf Händen trägt – auch das ist nicht im übertragenen Sinn zu verstehen! Dein Vampir ist leicht altmodisch, lässt dir den Vortritt, hilft dir in den Mantel, ist aufmerksam – wenn ihn nicht gerade seine Natur zu anderem treibt. Im Sommer könnt ihr alte Schlösser und verwitterte Ruinen besuchen, im Herbst macht ihr lange Spaziergänge im Nebel (Vorsicht: Halloween und Kürbisse findet er kindisch) und im Winter ist dann Zeit für gemütliche Dates in düster-muffigen Gruften.

Worauf stehen sie?

Auf Blut, natürlich. Aber du bist ja nicht nur auf ein schnelles Dinner aus, sondern träumst von einer langen Liebe. Und du willst, dass dein Schwarm das ähnlich sieht.

Es heißt, dass sie auf Mädchen stehen, die jung und natürlich wirken (auch wenn es manchmal ganz schön schwierig ist, diesen Look hinzukriegen). Das liegt daran, dass sie dich um deine Menschlichkeit (und manchmal auch um deine Sterblichkeit) beneiden.

Die besten Plätze, um Vampire zu treffen

Um es kurz zu machen, die Annahme, dass du sie nur in dunklen, feuchten, modrigen Gruften triffst, ist altmodischer Aberglaube. Natürlich meiden sie lichtdurchflutete Räume, sonnige Strände und Solarien. Es gibt immer noch genug unter ihnen, die bei Sonnenlicht schwere Verbrennungen erleiden. In der Stadtbibliothek, dem nächsten Wald oder deiner Lieblingsbar kannst du allerdings schon auf einen treffen.

Und dann musst du vorbereitet sein: Auch wenn er nicht gerade auf Jagd ist oder in Superhero-Manier jemanden rettet, solltest du ihn erkennen.

Halte die Augen offen!

Gute Chancen hast du ganz klar in Städten, die so etwas wie Katakomben zu bieten haben. Du wirst überrascht sein, wie viele das sind und welche verborgenen Welten es zu entdecken gilt. Bremen, Mainz oder auch das kleine beschauliche Oppenheim am Rhein sind zwar längst nicht so angesagt wie die großen Metropolen, aber unter der Erde liegen ungeahnte Räumlichkeiten. Die Romantiker unter den Fledermaus-Jungs bevorzugen nach wie vor die klassischen verwunschenen Stätten: Wien und Paris (ganz heiß!), London und Prag (die melancholischeren Typen); während die heißblütigsten Vampire sich im nächtlichen Rom umhertreiben. Die ganz hippen Exemplare bevorzugen die schattigen Hochhausschluchten von New York. Vampire sind einfach sehr stilbewusst und suchen sich ihr Domizil dementsprechend aus.

Wie kann man einen echten Vampir von scheinbar Artverwandten unterscheiden?

Hier die Jungs, mit denen man Vampire am leichtesten verwechseln könnte. Natürlich nur, solange man sie noch nicht genauer kennengelernt hat …

Emo – schweigsam, übellaunig, melancholisch bis depressiv
Der markante Unterschied: Echte Vampire pflegen ihre Stimmungen, Emos lassen sich von ihnen hinreißen.

Goth – blass, übernächtigt, tiefe Augenringe
Der markante Unterschied: Vampire müssen für ihre Blässe nichts tun, Goths benutzen Bleichcreme und jede Menge Make-up.

Spieler – Augenringe, blass und übernächtigt, schaut dich mit gläsernem Blick an
Der markante Unterschied: Der Spieler hat die letzten Nächte vor seiner Playstation gehockt und mit anderen Nerds Schloss Drachenstein eingenommen. Geduscht hat er schon seit Wochen nicht mehr, das T-Shirt gewechselt auch nicht. Der Geruch unterscheidet sich selbstverständlich von dem süßlich-pfefferminzig-frischen Duft eines Vampirs.

Karnevalsvampir – Dass die kostümierten Jungs trotz ihrer lustigen Kontaktlinsen keine Konkurrenz für einen echten Vampir sind, versteht sich ja wohl von selbst. Diese Typen würdest du auch ohne unsere Hilfe sofort erkennen.

Mythen

Kreuze schrecken Vampire ab!
Falsch! Um's kurz zu sagen: Kreuze jucken heutzutage niemand; was früher Vampire locker in die Flucht geschlagen hat, bietet längst keine Garantie mehr. Während Kreuze in vergangenen Tagen – für Menschen wie für Vampire – ein wichtiges Symbol darstellten, werden sie heute oft nur noch als Deko-Element eingesetzt. Wer nicht an die Macht des Symbols glaubt, der kann davon auch nicht beeinflusst werden – so sehen das jedenfalls moderne Vampire!

Vampire haben keine Zahnschmerzen!
Falsch! Man mag es nicht glauben, aber durch die Zunahme des synthetischen Blutes haben Vampire immer öfter Probleme mit ihren Zähnen (vor allem: OK, R 3 und OK, L 3). Wie sie diese lösen, ist uns nicht bekannt, bekannt sind uns allerdings Zahnärzte mit entsprechender Spezialisierung. (Telefonnummern können in der Redaktion erfragt werden).

Knoblauch hält Vampire fern!
Fast richtig. Vampire haben einen ausgeprägten Geruchssinn, Knoblauch und Zwiebeln sind daher absolut abtörnend. Sie jagen ihn nicht direkt weg, aber von langen, heißen Zungenküssen wird es deinen Liebsten schon abhalten.

Das brauchst du, wenn du einen Vampir länger daten willst

- ausreichend Make-up (um die Augenringe zu überdecken)
- Kaffee, Kaffee, Kaffee (falls er im Supermarkt gerade im Angebot ist – zuschlagen!)
- Jahreskarte fürs Schwimmbad (du musst dich abhärten, dein neuer Lover hat eine sehr geringe Körpertemperatur – regelmäßige Eisbäder und Saunabesuche helfen, dich vorzubereiten, um allzu schnelle Unterkühlung beim Küssen und Kuscheln zu vermeiden)
- Handy mit Vibrationsalarm (du willst ja schließlich nicht, dass deine Eltern bei jeder Nachricht deines neuen Freundes aufwachen)
- Organspendeausweis (falls doch mal was schiefgeht, dann tust du so noch was Gutes)
- die Handynummer von dem süßen Typen aus der Notaufnahme

5 Sätze zum Anbaggern eines Vampirs

Du hast deinen Vampir entdeckt und weißt nicht, wie du ihn ansprechen sollst? Kein Problem, wir verraten dir einige Sätze, mit denen du garantiert seine Aufmerksamkeit auf dich lenkst.

Hier eine Auswahl der beliebtesten Anbaggersätze:

»Sitzt du schon lange hier?«
(Empfiehlt sich besonders bei älteren Vampiren. Und dann schiebst du deinen Hintern auf den Barhocker neben ihm.)

»Wow! Hast du kalte Hände. Würdest du meine Cola halten? Sie ist inzwischen etwas warm geworden …«

»Verrätst du mir die Nummer deines Zahnarztes?«
(Alternativ dazu: »**Du siehst zum Anbeißen aus!**«)

»Hey, du siehst etwas blass aus. Sollen wir 'ne Runde spazierengehen?«
(Und dann hakst du dich ganz selbstverständlich unter und ziehst ihn mit.)

»Wow, du hast ja wahnsinnig dunkle Augen, zum Dahinschmelzen …«
(Und dann schaust du tief hinein.)

Wie krieg ich ihn rum?

Empfehlenswert sind kleinere Schnittwunden, z. B. am Finger. Lass das Blut tropfen, lächle verführerisch und wink ihn zu dir. Er wird dir aus der Hand fressen und du kannst ihn gezielt lenken.

Nicht empfehlenswert sind Rollkragenpullover, Mundgeruch und schmutzige Fingernägel.

Sie stehen auf Mädchen, die etwas zerbrechlich wirken – die lassen sich nämlich so schön retten. Du musst dich nicht gleich vor den nächsten Zug werfen, um ihn rumzukriegen, aber du solltest ab sofort aufhören, die schweren Sprudelkästen immer selber tragen zu wollen.

Achtung!

Ein verführerisches Tröpfchen Blut ist zwar sehr anziehend für Vampire, aber achte auf deine Mundpflege. Zahnfleischbluten kombiniert mit Zungenküssen kann fatale Folgen haben, denn nichts kann seinen Blutdurst dann noch löschen, außer dein … ja richtig: Blut!

Das erste Date steht an?

Du hast ihn kennengelernt und ihr wollt euch treffen – zu zweit. Du bist dir sicher, dass er nicht nur »das Eine« im Kopf hat, also schon vorher gegessen hat, und freust dich auf das Abenteuer.

Das solltest du beachten:

- Dein Typ ist schon ziemlich alt (auch wenn er nicht so aussieht) und sein modischer Geschmack wird es vielleicht auch sein. Er steht eben mehr auf klassische Outfits. Sei nicht enttäuscht, wenn er die neuesten Modetrends nicht zu schätzen weiß. Denk immer dran: Hauptsache, du fühlst dich in deinen Klamotten wohl …
- Dein Schwarm ist der Stärkste weit und breit. Versichere ihm, dass du das weißt – er muss es dir nicht beweisen.
- Dein Liebster ernährt sich anders als du. Ihr werdet also nicht essen gehen. Auch wenn du auf deine Linie achtest, steck besser eine Tafel Schokolade ein – nichts ist bei einem ersten Date schlimmer als ein knurrender Magen und die damit verbundene schlechte Laune.
- Den romantischen Sonnenaufgang kannst du dir sparen, es sei denn, du siehst ihn dir gerne alleine an! Denn dein Schatz wird garantiert nicht an deiner Seite ausharren und sich schwere Verbrennungen zuziehen! Soweit geht seine Liebe definitiv nicht.

Körpersignale – wie man sie sieht und versteht

Natürlich, Vampire sind keine hyperaktiven Hip-Hoper, die sich ständig bewegen und um dich herumtanzen. Du musst schon genau hinsehen, wenn du ihre Bewegungen richtig wahrnehmen willst. Doch dann verrät dir ihre Körpersprache einiges.

Hier ein paar typische Signale:

Er schaut dich mit starrem Blick an und kann seine Augen nicht von dir wenden.
Er ist absolut fasziniert von dir und total verzaubert von deiner Präsenz.
Kann aber auch sein, dass er schon eingeschlafen ist.

Er fährt sich immer wieder durch die Haare.
Er ist nervös. Das kann ein gutes Zeichen sein, wenn du diejenige bist, die ihn nervös macht. Das kann ein schlechtes Zeichen sein, falls seine Ex in der Nähe rumhängt.
Vielleicht hat er auch nur Hunger und findet dich zum Anbeißen süß.

Er schaut dich intensiv an, legt den Kopf schräg und fährt mit dem Finger langsam seinen Hals entlang.
Oh, Vorsicht! Er versucht, dich zu verführen, aber eigentlich hat er es nur auf deine Halsschlagader abgesehen. Willst du ihm die wirklich überlassen? Wirklich? Besser, du gehst jetzt mal kurz aufs Klo, spritzt dir kaltes Wasser ins Gesicht und überlegst noch einmal genau, wie du dir den weiteren Abend vorstellst.

Er fährt sich immer wieder mit der Zunge über die Lippen.
Entweder will er etwas sagen, traut sich aber nicht, oder er will dich küssen – vielleicht hat er auch einfach nur Hunger.

Er ist schweigsam und tritt von einem Bein auf das andere.
Er ist gelangweilt und zählt die Sekunden, bis du das Gespräch von dir aus beendest. In weniger als 2 Minuten wird er es selbst tun und wieder an die Bar gehen.

Er reibt sich die Hände.
Oh! Schnell weg. Er sieht in dir die Beute, hinter der er schon lange her ist.

… ich wusste nicht, was mit ihm los war …

Es war nicht unser erstes Date, nein. Doch diesmal machte er mir Angst. Erst diese verdammten blutroten Augen, und der Typ wendet seinen Blick nicht von mir ab. Klar bin ich nervös geworden, was denn sonst. Ich will einen Kerl, keine Hyäne. Er checkt natürlich, dass was nicht stimmt. Fängt an, rumzuschmollen. Ich frag ihn, was los ist. Er knurrt nur: »Nichts ist los. Ich bin ein Vampir. Ich darf schlechte Laune haben und mürrisch gucken. Erwartet man das nicht so?« Ich hätte schon gern gewusst, was mein Herzblatt hatte … Hunger vielleicht? Aber ich glaub nicht, dass er mir das noch erzählt. Er hat noch am selben Abend Schluss gemacht.

Rebecca K., 18 Jahre

Sexy Eyes

Augen sind die Fenster zur Seele, sagt ein Sprichwort. Das solltest du gerade bei Vampiren im Hinterkopf behalten. Denn seine Augenfarbe verrät dir so einiges!

Gelb: Dein Vampir funkelt dich mit gelben Augen an? Du kannst dir sicher sein, dass er gerade etwas Abenteuerliches ausheckt oder aber kurz vorm Platzen steht. Jedenfalls hast du gerade einen ungestümen dynamischen Blutsauger vor dir. Doch Achtung: Sein Temperament kann auch rasch aufbrausen und aus seinem wilden Charme wird bitterer Ernst!

Schwarz: Die Augen deines Vampirs glänzen schwarz; das Dunkel verschlingt jegliches Licht, wirft nichts zurück? Du solltest jetzt die Gunst der Stunde nutzen, wenn du auch Vampirin werden möchtest. Er hat längst keine Kontrolle mehr über seine Blutgier und beißt dich ungefragt. Falls du doch lieber sterblich bleiben möchtest: Renn, so schnell du kannst – er lässt nicht mit sich verhandeln!

Rot: So willst du deinen Vampir! Mit wunderschön dunkelrot glimmenden Augen, die ganz verzückt deinen Blick suchen. Er hat das Tier in sich im Griff und glüht vor Verlangen nach dir, während er sich seiner Verantwortung äußerst bewusst ist. Seine Sinne sind geschärft, er ist einfach gut drauf und schenkt dir all seine Aufmerksamkeit. Wenn du es geschickt anstellst, kannst du ihn in diesen Momenten sogar nach seinem Leben als Mensch befragen.

Weiß: Dein Vampir hat weiße, leicht glasige Augen? Die Pupille ist milchig? Nun, kein gutes Zeichen. Das kann nur bedeuten, dass es zu hell ist und er besser die Sonnenbrille auspacken sollte oder gar am Rande der Extinktion steht. Zieh den Pfahl wieder aus seiner Brust, dann hat er noch eine Chance! So langsam, wie er jetzt ist, gelingt dir das auch ohne Gefahr.

Heimliches Geständnis*

Was hatte ich mir nur dabei gedacht? Es konnte nicht gut gehen. War von Anfang an zum Scheitern verdammt. Sie war so jung, so schön – strahlte von innen heraus. Aber mit der Zeit verblasste ihr Strahlen, und Falten durchzogen ihr Gesicht. Sie wollte doch so gerne bleiben – und ich konnte ihr dieses letzte Geschenk nicht machen. Mich nicht überwinden, sie zu ewiger Verdammnis zu verurteilen. Sie starb in meinen Armen an Altersschwäche … sie war die Liebe meines Lebens. Alle anderen, die nach ihr kamen, waren nicht von Bedeutung. Eine reihte sich an die nächste, eine unendliche Kette, Tand, schöner, sinnfreier Tand …

Castilio de Montalba (Vampyr): *Heimliches Geständnis*
(*offenbart in einer sentimentalen Stunde, wir drucken es ohne seine Erlaubnis)

Bloß nicht!

Anrede

Hör auf, ihn »Vampi« zu nennen. Auch nicht »Hase«, »Schatz« oder »Schnucki«. Auf Verniedlichungen steht er nicht. Auch »Mr. Vampir« kommt nicht gut. Red deinen Schwarm einfach mit seinem Namen an, ganz gleich, wie altmodisch der klingt.

Kleidung

Dein Lieblingskleid ist gelb? Zieh es bloß nicht an, wenn du willst, dass das Date ein Erfolg wird.
»Gelb« ist für einen Vampir so ungefähr das, was für den Bullen das »rote Tuch« des Toreros ist. Okay, Bullen sind eigentlich farbenblind und werden nur durch das Wedeln gereizt, von daher stimmt der Vergleich nur bedingt. Aber es ist ja auch nicht so, dass DU den Vampir reizt, sondern dein Kleid ihn aggressiv machen wird.

Gelb erinnert deinen Vampir an die Sonne – die er ja nicht mehr sehen kann. Manchmal schon seit Jahrhunderten nicht mehr. Und Gelb findet er, milde ausgedrückt, unschön. Meistens reagiert er darauf genervt. Er bevorzugt gedeckte Töne: samtiges Schwarz, Mitternachtsblau, Bordeauxrot …

Essen

Liebe geht durch den Magen! Das stimmt bedingt auch für deinen Vampir – doch ganz ehrlich: Richtig glücklich wirst du mit einem Untoten nicht, wenn du auf Schmorbraten mit Klößen stehst oder für dein Leben gerne kochst. Denn die Nahrung, auf die dein Traumtyp nun mal steht, ist flüssig, rot und pulsiert durch deine Adern: Es ist dein Blut. Ins Restaurant zu gehen steht daher in der Beliebtheitsskala nicht gerade weit oben, aber auf ein romantisches Candle-Light-Dinner zu zweit steht er – auch wenn er das Essen dir überlässt.

Gerüche
Knoblauch ist eine der schlimmsten Geruchsbelästigungen für Vampire. Aber ihre geschärften Sinne machen sie grundsätzlich anfällig für nicht ganz so wohlriechende Dinge. Allerdings ist »wohlriechend« auch eine Frage der Perspektive – Verwesungsgeruch wird deinen Lover nicht stören.

Er liebt mich, er liebt mich nicht

So, du hast das erste Date überlebt. Das ist gut, sehr gut sogar. Es bedeutet, dass dein Schwarm eine gewisse Sympathie für dich hegt. Doch ist er so verliebt, wie du es bist? Finde es heraus!

Steht er auf dich oder hast du keine Chance?
Suche dir bei den folgenden Möglichkeiten jeweils die aus, die dir am meisten zusagt. Für was hast du dich am häufigsten entschieden? Zähle zusammen und schau dir danach bei der Auswertung deine Chancen an!

Und los geht's!

1a. Er weiß deinen Namen auch beim dritten Treffen noch.
1b. Er spricht dich zwar mit einem Namen an, aber es ist nicht deiner.
1c. Er weiß deinen Namen, interessiert sich aber nicht für viel mehr.

2a. Er benutzt sogar Kosenamen! Er nennt dich »Geliebte meines Herzens« oder »Teuerste Schöne«.
2b. Das einzige Kosewort, das er benutzt, ist »meine Süße« – und das bezieht sich eher auf dein Blut als auf dich.
2c. Er nennt dich bei deinem vollen Namen. Selbst wenn du ihn ärgerst, zischt er ihn zwischen seinen blitzenden Reißern hervor.

3a. Er muss zu einem superwichtigen Vampirtreffen, aber vor dem Abflug kommt er trotzdem noch schnell bei dir vorbei und drückt dir einen Kuss hinters Ohr.
3b. Er sagt, er muss zu einem »superwichtigen Vampirtreffen« und du hast keine Ahnung, wann er wieder zurückkommt.
3c. Er redet Klartext und sagt, dass er dir nicht immer Bescheid sagen kann, was in seinem Leben vorgeht.

4a. Er interessiert sich für deine Freunde, weil er wissen möchte, mit wem du deine Zeit verbringst.
4b. Er interessiert sich für deine Freunde, weil er Hunger hat.
4c. Er weiß noch nicht mal, wer deine Freunde sind. Aber wegen ihm hast du sowieso keine Zeit mehr für andere.

5a. Er möchte deine Eltern kennenlernen. Höflich und charmant stellt er sich ihnen vor, damit sie sich keine Sorgen machen, wenn du abends etwas später nach Hause kommst. Er gibt ihnen sogar seine Telefonnummer.
5b. Er möchte deine Eltern kennenlernen. Er fragt, ob er dich mit einer Reise nach Prag überraschen dürfe. Sie willigen sofort ein.
5c. Er möchte deine Eltern noch nicht kennenlernen. Er wartet erst einmal ab, wie sich das zwischen euch entwickelt.

Auswertung

Schau gleich nach, wo du die meisten Kreuze gemacht hast!

Du hast als Antwort **am häufigsten a** angekreuzt: Der Fall liegt klar – dein Vampir ist verliebt, in dich! Er ist süß, charmant, aufmerksam und hat bei allem dein Wohl im Blick. Deine Chancen stehen gut!

Du hast als Antwort **am häufigsten b** angekreuzt: Auch hier, keine Frage – das Ergebnis spricht Bände. Du solltest dir keine Hoffnungen machen auf zarte Liebesbande mit dem Vampir deines Herzens. Für ihn bist du nichts weiter als die Frischblutlieferantin! Lauf! Deine Liebeschancen gehen gegen null, genauso wie deine Chancen, eure Bekanntschaft zu überleben!

Du hast als Antwort **am häufigsten c** angekreuzt: Du machst dir echte Gedanken, da du sein Verhalten nicht einschätzen kannst. Er hält sich bedeckt, gibt sich geheimnisvoll. Dennoch kannst du sicher sein, dass er wichtige Gründe für sein Tun hat und er dich nicht sitzen lassen möchte – das kann darauf hindeuten, dass er dich schützen möchte, dich aus seinen dunklen Geheimnissen heraushalten und es langsam angehen lassen möchte. Finde mehr über ihn heraus, das könnte der große Glücksgriff sein!

Erste Erfolge

Händchenhalten

Gratulation, du hast ersten Körperkontakt. Achte allerdings auf seine Körpertemperatur, und vor allem auf deine. Habt ihr euer erstes Treffen beim Spaziergang im Winter, kriegst du höchstens steife Finger. Händchenhalten im Kino oder vor dem Kamin ist da allemal empfehlenswerter.

Zungenküsse

Natürlich sind die Zähne gefährlich, aber wir gehen davon aus, dass dein Liebster eine gewisse Vorsicht walten lässt und schon etwas Übung mit seinen Beißern hat.

Nicht vergessen solltest du allerdings: Vampire atmen nicht. Überleg dir also vorher, worauf du dich beim Küssen einlässt – es könnte ein wenig länger dauern. (Die Erstickungsgefahr ist nicht zu unterschätzen, obwohl die meisten bei einem Intermezzo mit einem Vampir auf andere Art zu Tode kommen.)

Fummeln

Empfiehlt sich nur im Sommer – durch die fehlende Blutzirkulation haben Vampire eine deutlich niedrigere Körpertemperatur. Im Winter kann es deshalb schnell zu unschönen Frostbeulen kommen. Sicherheitshalber also immer eine Thermoskanne mit heißem Tee zum Date mitnehmen. Du kannst dich auch vorher mit Eisbädern ein wenig abhärten und deine Frostempfindlichkeit reduzieren.

Achte außerdem auf deine Schlagadern. Diese Jungs wollen es meist nicht beim Fummeln belassen.

One-Night-Stand

Du willst Nägel mit Köpfen machen? Und hast auch keine Angst davor, mit deinem Vampir in der Kiste zu landen? Dann bereite dich gut vor! Eine gute Portion Spontaneität ist zwar wunderbar, aber du solltest für alle Eventualitäten gerüstet sein. Unser Rat: Schaff dir neben Kondomen auf jeden Fall ein Erste-Hilfe-Set an: Pflaster, Verband und Pinzette … Denk an die Holzspreißel an seinem Lieblingssarg! Und so ein alter Grabstein ist auch nicht zu vergleichen mit deiner IKEA-Bettwäsche. Überleg vorher genau, ob du das wirklich willst! Keiner zwingt dich!

Regeln für den Umgang mit Vampiren*

Regel Nr. 17
Es empfiehlt sich, eine ausreichende Menge an Blutkonserven und Einwegspritzen dabeizuhaben. Nicht für ihn. Für dich. Hat er einen über den Durst getrunken, solltest du für Erste-Hilfe-Maßnahmen gewappnet sein.

Regel Nr. 23
Kein Treffen kurz vor Sonnenaufgang. Das kann zu unschönen Überraschungen führen.

Regel Nr. 33
Hinterlass deiner Freundin eine Nachricht, wenn du ihn triffst. Solltest du dich nicht zu einer vereinbarten Zeit zurückmelden, soll sie bitte nach dir suchen. Die Polizei braucht sie dabei nicht sofort einzuschalten, es reicht, wenn das erst nach 24 Stunden geschieht. (Vielleicht bist du dann auch schon wieder aus dem Koma aufgewacht.)

Regel Nr. 86
Keine Silberkreuze, keine Holzpfähle und kein Knoblauch. Kein Weihwasser, keine Bibel und keine anderen religiösen Objekte. Dein Vampir wird das für einen schlechten Scherz halten; du machst dich damit also unbeliebt! (Ob Vampire sich vor Ganesha, Shiva oder Buddha erschrecken, ist uns leider nicht bekannt. Hinweise darüber nimmt die Redaktion gern entgegen.)

(*Anmerkung der Redaktion: Leider unvollständige Liste)

Die besten Plätze für ein romantisches Vampir-Date

Dein neuer Freund steht auf nächtliche Unternehmungen und ihn zu begleiten könnte schwierig werden, wenn deine Eltern zur »Um-Punkt-11-bist-du-zu Hause«-Fraktion gehören und du am nächsten Tag in der ersten Stunde Mathe hast und wieder fit sein musst. (Kleiner Tipp: Obwohl verpönt – ein Mittagsschlaf hilft!)

Hast du schon mal über Hobbys wie »Astronomie« (nachts Sterne gucken), »Biologie« (nachts Fledermäuse beobachten) oder »Chemie« (Feuerwerkskörper basteln) nachgedacht? Damit machst du dich nicht nur bei den Lehrern in den naturwissenschaftlichen Fächern beliebt, sondern du hast auch eine prima Begründung, nachts lange aufzubleiben. Und mit deinen Eltern kannst du die nächtlichen Ausgehzeiten völlig neu verhandeln! Du kannst dich natürlich auch einfach nachts – nachdem alle aus deiner Familie eingeschlafen sind – heimlich aus dem Haus schleichen. (Vergiss aber am nächsten Morgen nicht, die Augenringe gut zu überschminken!)

So weit zur Vorbereitung …

... nun zum eigentlichen Date:

Du solltest nie vergessen: Vampire haben manchmal einen etwas anderen Sinn für Humor:

- Ein nächtlicher Flug über den Friedhof, bei dem Normalsterbliche nur frösteln – oder interessierst du dich für modrige Grabsteine? – ist für sie ein lustiger Mitternachtsspaß.

- Auch in stillgelegten Bergwerken, U-Bahn-Schächten und unerforschten Höhlen amüsieren sich Vampire prächtig. Vergiss nicht, dir den Rückweg zu markieren.

- Nachtclubs, Diskotheken, Bars – wenn dein Schatz satt ist, macht es sicher Spaß, mit einem attraktiven Mann wie ihm dort die Nacht zu verbringen. (Bist du eigentlich schon volljährig?)

- Auch auf Vollmondnächte stehen Vampire (genau wie die meisten anderen Unsterblichen). Sie lieben das milde, romantische Mondlicht, was sie natürlich nie zugeben würden. Für erste zarte Küsse und leise Liebeserklärungen eignen sich solche Nächte also bestens.

Schlussmachen, und zwar richtig

Gestern hast du noch von der Ewigkeit geträumt, heute bist du froh, wenn du es bis nächsten Mittwoch schaffst …

Die Frage ist nicht, »Wie werde ich ihn los?«, sondern die Frage ist: »Wie überlebe ich das Loswerden?«

Eigentlich hast du ja genau gewusst, worauf du dich einlässt, aber die rosarote Brille macht bekanntlich blind.

Setz sie schnell ab. Hier geht es nicht mehr um ein romantisches Abenteuer, jetzt geht es um dein Leben. Und das willst du schließlich behalten.

Fünf Tipps, wie man mit einem Vampir ordentlich Schluss macht und trotzdem überlebt

- Warten, bis er Schluss macht – und dann ganz schnell neue Freunde suchen, z. B. den Pfarrer deiner Ortskirche oder einen Exorzisten.

- Ein neuer Typ an deiner Seite, und zwar einer, der sich mit dem »Fast-Ex« messen kann. Jetzt wäre ein guter Zeitpunkt, die Affäre mit dem Werwolf anzufangen. Wenn du es geschickt anstellst, hast du bald den ganzen Wolfsclan auf deiner Seite – und mit denen legt sich kein Vampir an.
  (Wir müssen dich allerdings warnen: Klappt es mit der Affäre nicht, hast du es mit einem eifersüchtigen Vampir und einem beleidigten Werwolf zu tun, was deine Situation zunächst nicht vereinfacht.)

- Eine ausgedehnte Reise nach Florida, auf die Kanaren oder die Bahamas: Wichtig ist nicht, dass es weit weg ist, sondern dass es sonnig ist – und zwar den ganzen Tag.

- Ordentlich Knoblauch essen sowie dich und deine Wohnung überall mit Silberkreuzen behängen. Aber Achtung: Das kann auch mächtig nach hinten losgehen, wenn ihm Kreuze gerade einmal null bedeuten!

- Töten. Manchmal überlebt nur der Stärkere. Und in dem Fall solltest du das sein. Ramme einen Holzpfahl durch sein Herz, kill ihn – und überlebe selbst.

Der Werwolf

Der Werwolf gehört zur Gattung der Gestaltwandler. Das bedeutet, er ist eine Kreatur, die die meiste Zeit in menschlicher Gestalt unterwegs ist, sich aber zu bestimmten Zeiten in einen Wolf verwandeln kann. Werwölfe leben – ähnliche wie normale Wölfe – in Rudeln. Unter ihnen gibt es eine klare Rangordnung. Ältere werden respektiert, der starke Leitwolf bestimmt, wo es langgeht, und der Familie gegenüber gilt Loyalität und Treue. Auch unter den Werwölfen gibt es Einzelgänger. Meist sind diese von ihrem Rudel ausgestoßen worden oder sind bei Machtkämpfen um die Führung des Rudels unterlegen.

Wie es ihrer Wolfsnatur entspricht, brauchen die Werwölfe große Reviere in unberührter Natur, riesige Waldgebiete, die sie ihr Eigen nennen können. Diese jedoch übernimmt immer mehr der Mensch, schränkt den Lebensraum ein und zwingt die Werwölfe in andere Gegenden zu ziehen. Einige von ihnen leben längst unter uns.

Ihre Verwandlung vom Mensch zum Tier vollzieht sich meist in Vollmondnächten. Es gibt aber auch Exemplare, die sich unabhängig von Mondphasen und sonstigen Gegebenheiten bewusst verwandeln können. Diese Werwölfe wechseln problemlos von einer Form in die nächste, wann immer sie es wollen.

Mit wem hast du es zu tun?

Aussehen: Wild wuschelige Haare, auch ansonsten sicher kein rasierter oder epilierter Body, sondern maskulin behaart. Groß und stark mit beeindruckenden Muskeln

Alter: Die jungen Werwölfe sind eindeutig in der Mehrzahl, aber es gibt auch ein paar ältere; theoretisch sind sie unsterblich wie ihre Konkurrenten, die Vampire, aber da ihre animalische Seite sie häufig in brenzlige Situationen bringt, werden sie oft nicht wirklich alt.

Besondere Merkmale: Meist in Mondnächten und bei besonderen Gelegenheiten wechseln sie die Gestalt – manche wandeln sich komplett in einen mächtigen Wolf, andere verwandeln sich in ein Zwitterwesen: ein aufrecht wandelndes Geschöpf mit Wolfsschnauze, Fell und Wolfskräften. Einige der Werwölfe können die Metamorphose bewusst steuern.

Herkunft: Unbekannt, in Europa gibt es erste ausführliche Berichte aus dem 18. Jahrhundert. Doch ältere Quellen aus anderen Regionen berichten über ähnliche Wesen.

Vorlieben: Im Pack den Wald durchstreifen, mit den Jungs abhängen, spielen, jagen, Männerabende

Vorkommen: Ausgedehnte Wälder, einsame Berggegenden, aber mittlerweile auch anonyme Großstädte oder kleine Dörfer in Waldesnähe

Was hast du zu erwarten?

Um es kurz zu sagen: heiße Nächte und wildes Outdoorfeeling. Du hast dich für diesen Kerl entschieden (und er ist ein »echter Kerl« – weder Memme noch Weichei), weil du genug hast vom braven Leben hinter dem Ofen. Du willst raus, du willst Abenteuer – und du willst einen treuen Typ, auf den du dich verlassen kannst. Ein Werwolf wird dich retten, dich verteidigen und dich immer wieder sicher nach Hause begleiten. Und dann wird er sich an dich ankuscheln …

Wo triffst du ihn?

Im Wald, wo sonst. Darüber hinaus kannst du es aber auch auf dem Sportplatz versuchen (er steht aber nur auf Mannschaftssportarten) oder in weitläufigen Parks, gerne mit Bäumen umsäumt.

Ist dein Werwolf schwul oder nicht?

Eigentlich bräuchten wir über sie nichts weiter zu schreiben. Die Gerüchte besagen nämlich, dass sie überwiegend schwul sind. Wir können das aber nicht bestätigen, und, mal ehrlich, wer gibt schon was auf Gerüchte?

Nur als Tipp: Wenn du einen triffst und erst in der Anfangsphase des Flirtmodus bist, solltest du ihn vielleicht auch nicht direkt darauf ansprechen.

Damit du aber nicht ganz verloren bist, hier eine kleine Checkliste:

Das tut er	**Zum ankreuzen: JA**	**Zum ankreuzen: Nein**	**Das bedeutet ein JA**
Er hängt immer nur mit seinen Kumpels rum.			Keine Sorge, typisches Rudelverhalten von jungen Wölfen.
Alle seine Kumpel sind Männer.			Toll! Keine Konkurrenz für dich in Sicht.
Seine Hobbys sind Fußball, Formel 1 und Star Trek.			Bist du dir sicher, dass es sich um einen Werwolf handelt?
Er wird rot, wenn er ein hübsches Mädchen trifft.			Oh! Er ist wohl noch sehr jung. Oder sehr schüchtern.
Er knutscht am liebsten mit Männern.			Lass dir nichts von einer Übungsphase einreden. Das stimmt nicht. Der Junge ist mit Sicherheit schwul. Oder zumindest bi.
Er wird in deiner Gegenwart verlegen und seine Sätze sind weder sinnvoll noch vollständig.			Bingo! Definitiv nicht schwul – sondern total verknallt, und zwar in dich.

Was zählt

Ich liebe es, nachts durch den Wald zu streifen. Dann scheint die Natur den Atem anzuhalten. Und wenn dann die Stimmen meiner Brüder durch die Dunkelheit erklingen, streckt sich meine Seele. Einsamkeit ist etwas Seltsames, Beängstigendes. Aber der Geruch vertrauter Körper ist Geborgenheit.

Rodrigo, Werwolf

Seltsame Abschiede

Meine Beziehung mit Rodrigo ist nie langweilig. Wir treffen uns oft nachts, und jeder Abschied macht mich traurig, aber er erinnert mich auch daran, was für ein einzigartiger Mann er ist … Erst küsst er mich wild; dann springt er in veränderter Gestalt davon; das Spiel der Muskeln ist dabei faszinierend. Meine Lippen spüren noch die Wärme, die von ihm ausgeht. Ich beobachte ihn, wie er in die Schatten der Bäume eintaucht. Hoffentlich kehrt er bald zurück!

Sara G., 18 Jahre

Und so klappt es

Das mit dem Augenaufschlag und Wimperklimpern hast du probiert? Er hat zurückgeblinzelt, ist aber noch nicht aufgestanden und zu dir rübergekommen?

Gut, hör sofort auf mit dem Geklimper! Werwölfe stehen in der Regel auf kluge, aktive und offene Girls, nicht auf tussige Püppchen. Überliefert ist auch, dass sie eher vom nordischen Typ – groß, schlank, blond – angezogen werden. Das bist du nicht? Bevor du dir die Haare färbst, ignorier es einfach als albernes Gerücht.

Es hat gefunkt? Aber du weißt nicht, wie es weitergehen soll?

Tja, wie wär's, wenn du ihm deine Telefonnummer überlässt? Du könntest sie ihm auf den Pfefferminzteebeutel, der neben dem Teeglas liegt, schreiben, den du beim Kellner für ihn bestellst.

Du könnest bei seiner Mutter anrufen und sagen, dass du Hilfe beim Fahrradreparieren brauchst/du deine Ohrringe beim Volleyballturnier verloren hättest/dein Computer abgestürzt ist und er sich bitte bei dir melden soll.

Du kennst sein Hobby? Häng in der ganzen Stadt Plakate mit einem passenden Motiv auf. Mach sie zum Hingucker. Und vergiss nicht, deine Handynummer darauf zu notieren.

Das erste Date mit deinem Werwolf steht an?

Wir empfehlen: Beachte die Mondphasen. Dein Liebster könnte sonst eine unschöne Überraschung für dich werden.

Was soll ich nur anziehen?
Eher das sportlich-rustikale Outfit: Du weißt nicht, in welchem Wald das Date endet – und du willst doch nicht mit deinen Absätzen an Wurzeln hängen bleiben?

Körperkontakt
Wohltemperiert. Besonders an kühlen Tagen empfehlen sich Kuschelabende mit viel Körperkontakt mit deinem Schatz.

Gefahren
Ja, Treffen mit Werwölfen können nicht ganz ungefährlich sein. Auch wenn sie eigentlich ganz nette Typen sind, manchmal kommt eben doch das wilde Tier in ihnen durch …

Und darauf lässt du dich ein!
Du datest nicht nur deinen Kerl, sondern hast auch gleich das gesamte Rudel in der Nähe. Mach dich darauf gefasst, dass seine Kumpels immer in der Nähe abhängen und du viel mit ihnen zu tun haben wirst. Ihr werdet sicher auch Zeit für Zweisamkeit finden, aber seine Jungs sind nie weit weg!

Immortal Tipp

Junge Werwölfe sind oft unsicher. Das würden sie natürlich nie zugeben. Sie verbergen es eher hinter einer abweisend und verschlossen wirkenden Fassade und meinen dann noch, dass es »cool« wirkt. Auch wenn du das schnell durchschaust, lass ihn in seinem Glauben und spiel einfach mit. Versuch bloß nicht, ihn auf diese Maskerade hin anzusprechen. Beißgefahr! Das ist einer der wenigen Momente, in denen Werwölfe richtig gefährlich werden können.

Bloß nicht!

Schenke deinem Liebsten auf keinen Fall Silberschmuck: weder einen Freundschaftsring noch einen Anhänger! Das ist zwar nett gemeint, aber dieser Liebesbeweis kommt bei deinem Immortal alles andere als gut an: Das Edelmetall schmerzt Werwölfe bei der bloßen Berührung auf der Haut. Es ist selbst für Leitwölfe äußerst unangenehm. Nicht umsonst wurden früher Silberkugeln zur Jagd auf Werwölfe eingesetzt, da das glänzende Metall ein Garant für das erfolgreiche Erlegen der »Bestien« war.

Ich hab ihn einfach angesprochen!

Er ist jeden Freitagabend im Joeys. Hängt mit seinen Freunden rum, spielt Kicker, und wenn die nicht da sind, steht er einfach nur so an der Bar. Eigentlich wollte ich ihn schon beim letzten Treffen ansprechen. Aber dann hat er so komisch gegrinst, und ich hab es nicht geschafft. War das Grinsen eigentlich für mich? Keine Ahnung.

Und jetzt brüte ich seit drei Tagen über meinem Kalender, denn die nächsten sechs Wochen sind Sommerferien und ich bin familienverplant, und dieser süße Typ sitzt im Joeys und ich kann ihn nicht mehr sehen, nein, das geht nicht! Also habe ich ihn angerufen.

Natürlich war er nicht da. Natürlich nicht. Also habe ich Hausaufgaben gemacht und plötzlich klingelt das Handy …

Ich bin ran, aber ich hatte totales Herzklopfen.

Er hat sich ganz freundlich und ausführlich gemeldet, er hatte die Nummer auf dem Display gesehen und wollte zurückrufen. Mann, ist der höflich und korrekt. Hu! Und ich habe dann tapfer meine vorbereiteten Sätze gesagt: »Ich bin die nächsten sechs Wochen nicht im Joeys. Andere Bar, was trinken gehen?«

Da war er verwirrt, und ich habe schnell meinen Namen gesagt. Dann habe ich meinen Namen noch einmal gesagt, und er hat gesagt, er weiß schon, wer ich bin. »Die Blonde.«

Er atmet plötzlich komisch. Aufgeregt?

Ich auch.

Dann hat er Luft geholt und gesagt. »Ähm, ich glaube, da hätten meine Freunde was dagegen.«

Erst haben wir gar nichts gesagt. Dann habe ich gesagt, er könne seinen Freunden gern sagen, dass ich auch Freunde habe und sie sollen einfach mitkommen.

»Oh.«

»Oh, ja. Hast du das nicht gewusst? Hm. Ich dachte, ja. Äh …«

»Ja. Also, wenn das so ist. Wenn's nur so, äh, freundschaftlich ist. Und, äh, deine Freunde nichts dagegen haben. Also, dann, äh, ja.«

Meine Freunde werden wohl weniger das Problem sein. Eher seine Freunde. Wahrscheinlich haben sie Angst, dass ich etwas herausfinde, was ich nicht wissen darf. Dabei weiß ich das doch alles schon lange.

Ich weiß doch, dass er ein Werwolf ist.

Das muss er mir nicht sagen.

Lara K., 17 Jahre

Passt er zu mir?

Eigentlich findest du Werwölfe total gut, aber du bist dir nicht sicher, ob er wirklich der richtige Traumtyp für dich ist? Dann mach einfach den Test – die Auswertung verrät dir, wie gut ihr zueinander passt.

Frage		Spalte A		Spalte B
Kuschelst du gerne?	Bloß nicht! Ich brauche Luft zum Atmen!		Ja, je näher und länger, umso schöner	
Katze oder Hund?	Ganz klar: Katze, unabhängig und frei		Hund, was sonst!	
Magst du Beschützertypen?	Ja, aber ich komme auch alleine klar!		Oh ja, klasse, jemand der mich beschützt ist perfekt!	
Sportlich oder intellektuell?	Joggen kann er getrost ohne mich!		Ich liebe gut durchtrainierte Körper!	
Treu oder aufregend?	Spannung hält die Liebe am Kochen!		Er sollte nur noch für mich Augen haben!	
Magst du Spaziergänge zu zweit?	Spazierengehen ist voll öde, lieber abhotten …		Hach wie romantisch!	

Frage		Spalte A		Spalte B
Stark oder clever?	Stark ist ja ganz okay, aber kann er auch vollständige Sätze bilden?		Er sollte mich auf Händen tragen!	
Magst du Ausflüge im Mondschein?	Warum nur im Mondschein auf die Piste? Versteh ich nicht!		Hach wie romantisch!	
Fleisch oder Obst?	Obst ist supergesund und macht auch nicht dick!		Ein Schnitzel lasse ich nie aus!	
Jungs oder Mädels?	Ohne meine Mädels geht gar nichts!		Ich verstehe mich mit Jungs blendend!	
Summe der Kreuze	Insgesamt aus Spalte A		Insgesamt aus Spalte B	

Auswertung

Hast du selbst schon eine Vorstellung davon, ob ihr wirklich füreinander geschaffen seid oder ob es nur ein Strohfeuer sein wird? Zähl einfach die Kreuze pro Spalte aus! Das Testergebnis verrät dir deine Chancen auf eine dauerhafte Beziehung mit einem schnuckeligen Werwolf.

Du hast mehr Kreuze in der Spalte A?
Du solltest dir allen Ernstes überlegen, ob ein Werwolf zu dir passt. Alles, was sein Wesen ausmacht, liegt dir so ganz und gar nicht. Angeblich sollen sich Gegensätze ja anziehen, aber in diesem Fall raten wir dringend von einem Gestaltwandler ab, es sei denn, du findest einen Werkater!

Du hast mehr Kreuze in der Spalte B?
Der Werwolf ist einfach perfekt für dich: Er kuschelt liebend gern, egal in welcher Gestalt, passt wie ein Wachhund auf dich auf. Dein Traumtyp weicht dir nicht von der Seite, ist einfach umwerfend in Form und bärenstark, liebt lange Spaziergänge in der Natur, besonders romantische Stelldicheins im Mondschein. Genau deine Kragenweite – greif zu!

So kann's laufen!

Er ist so ein Herzblatt, so süß. Wir haben uns im Park getroffen, unter einer Gruppe Eichen. Er war da jeden Tag zum Joggen und ist mir auch schon früher aufgefallen, weil er immer mit seiner ganzen Jungs-Clique unterwegs war. Wenn sie nicht gelaufen sind, war Fußball angesagt. Er war nie außer Atem, nur ich war atemlos, weil seine Muskeln sich so toll unter dem T-Shirt abgezeichnet haben – uh.

Als ich mich endlich getraut habe, ihn anzusprechen, hatte er nur einen Hundeblick für mich – so süß!!! Als wir über den Rasen gejoggt sind, ist er so langsam aufgetaut – und jede Berührung ist einfach so kraftvoll – er ist sooo toll!

Seitdem sind wir unzertrennlich.

Annika M., 13 Jahre

Liebt er dich wirklich?

Es ist wirklich nicht immer einfach, den anderen zu verstehen. Hier ein paar Hinweise, was seine Körpersignale bedeuten:

Er hechelt leicht, wenn er dich sieht?
Gut für dich, du lässt ihn eindeutig nicht kalt.

Er stellt dich seiner kompletten Jungs-Clique vor?
Lass dich nicht unterkriegen oder abschrecken. Er versucht gar nicht, dich zu vergraulen! Er ist ganz stolz darauf, dich geangelt zu haben und muss dich unbedingt vorführen – seine Jungs sind wichtig für ihn. Er würde nicht irgendeine mitschleppen!

Er verschwindet oft und meldet sich einfach nicht?
Okay, das ist schon schwieriger. Mach ihm klar, wie das auf dich wirkt. Wahrscheinlich hat er keinen zweiten Gedanken daran verschwendet, was du fühlst, wenn er weg muss.

Er rückt dir immer näher?
Toll, er sucht deine Nähe!

Er lässt dich von seinen Kumpels überwachen?
Es ist zwar schmeichelhaft, dass er eifersüchtig ist, aber das ist voll daneben und wird mit der Zeit schlimmer: Also, lass den Freak sausen!

Er beißt dir sanft in den Hals?
Okay, ein Vampir ist er nicht. Sanftes Knabbern darfst du als Liebesbeweis verstehen! Als Fortsetzung des Kuschelns.

Er lächelt dich an?
Achtung! Was du für ein umwerfendes Lächeln hältst, ist leider etwas ganz anderes: Er will dich auf Distanz halten und zeigt dir die Zähne!

Er lässt dir genügend Platz, um allein neben ihm gehen zu können?
Mach dir Gedanken darüber, wie gut eure Beziehung wirklich läuft! Werwölfe stehen auf Nähe. Wenn er also einmal nicht Arm in Arm mit dir gehen sollte, liegt etwas ganz schön im Argen!

Er schickt einen Kumpel, um dir wichtige Sachen zu sagen?
Lass dich nicht irritieren! Seine Kumpels sind seine Familie. Er vertraut jedem von ihnen blind. Wenn er also einen Freund schickt, ist das fast so, als käme er selbst vorbei!

Du lernst seine Familie kennen

Mach dich darauf gefasst, dass du beim Besuch seiner Familie ein paar harte Stunden vor dir haben wirst. Nicht nur, dass sie am liebsten grillen und riesige Mengen an Fleisch vertilgen (halbroh, versteht sich!), sie hören auch Countrymusik!

Wenn du diese Musik schön findest, dann bist du tatsächlich verliebt! Und zwar bis über beide Ohren.

Immortal Tipp

Der Softie unter den Gestaltwandlern ist der Werhund. Sie werden oft wenig beachtet, dabei sind sie wunderbare, treue Wesen. Allerdings nehmen sie ihre Treue manchmal ein wenig zu ernst. Es ist unwahrscheinlich, dass sich ein Werhund leicht von dir trennt – er verbeißt sich mit Sicherheit in deinen neuen Lover. Also sollte der gewappnet sein!
Auch andere Wandler und Wergeschöpfe können wunderbare Freunde und Liebhaber sein. Wenn man die Zyklen ihrer Wandlung im Auge behält (bei Vollmond werden sie wild), kann man jede Menge Spaß mit ihnen haben.

Keine Liebe hält ewig? Es ist vorbei.

Er macht Schluss – das sieht so aus:
Er sagt dir, dass es vorbei ist. Du heulst, und er geht mit seinen Kumpels was trinken. Oder mit seiner neuen Flamme.

Du machst Schluss – das sieht so aus:
Du sagst, dass es vorbei ist. Er starrt dich erst überrascht, dann verblüfft und am Ende fassungslos an. Wenn du jetzt nicht schleunigst verschwindest, fängt er an zu diskutieren. Ihr verbringt den Abend damit, noch einmal über alles zu reden. Er überredet dich, ihm noch eine Chance zu geben. Übermüdet und erschöpft stimmst du zu. Am nächsten Tag steht er mit Blumen vor deiner Tür. In zwei Wochen nervt er dich wieder, in drei Wochen wiederholt ihr das Ganze.

Du schaffst es locker, die nächsten zwei Jahre so zu verbringen.

Mit dem Werwolf hat's nicht geklappt?

Du hast den ganzen Sommer mit dem Werwolf auf der Wiese herumgetollt, hast dich gut mit seiner Clique gestellt – aber mehr war da nie … Jetzt zieht der Nebel über das Land. Es ist Herbst. Und du hast noch immer kein Date!

Dabei suchst du schon seit dem Frühling nach Mr. Right! Und die Hormone schlagen vor lauter Ungeduld Purzelbäume in deinen Adern … Dann vergiss endlich den Werwolf und wage einen handfesten Elfenflirt!

Der Elf

Elfen stammen ursprünglich aus dem hohen Norden. Inzwischen bevölkern einzelne Zweige der Elfenfamilien die ganze Welt. Die naturverbundenen Wesen sind in Wäldern anzutreffen, besonders Lichtungen ziehen sie an. Auch Blumenwiesen sind Tummelplätze der Lichtgestalten. Sie leben in Stämmen und Großfamilien. Unter ihnen gibt es längst nicht nur sonnige Gemüter. Während die meisten, z. B. Blumenelfen und Wiesenelfen, sehr freundlich und ausgeglichen sind, sind die sogenannten Dunkelelfen nicht ganz so freundlich gestimmt. Allen gemeinsam ist, dass sie sehr unberechenbare Wesen sind. Sie sind schöne Spieler aus einem fremden, geheimnisvollen Reich.

Elfen leben zwar unter uns, von ihrem Dasein wissen aber die wenigsten, denn sie verbergen ihre Welt vor uns Menschen. Doch ohne sie würde das Gleichgewicht der Welt aus den Fugen geraten, würde die Balance zwischen Traum und realer Welt kippen – von den Konsequenzen wollen wir gar nicht erst reden. Sie sind praktisch der Jungbrunnen für positive Energien auf unserer Erde.

Übrigens: Manchmal werden sie auch Alben oder Elben genannt. Und ihre verwandtschaftliche Nähe zu den Zwergen erklärt vielleicht auch die Hassliebe, die beide Völker verbindet.

Mit wem hast du es zu tun?

Aussehen: Grazil, feingliedrig schlank, eher ätherische, helle Typen

Alter: Danach solltest du nicht fragen – auch wenn sie jung aussehen, sie sind alt!

Besondere Merkmale: Spitzohren, schillernde, geheimnisvolle Augen, fein geschnittene Gesichtszüge. Sie sind eng mit den Menschen verbunden, auch wenn der Graben zwischen beiden Völkern immer größer wird und sie sich immer seltener zeigen. Auf jeden Fall sind sie eigenwillig und kapriziös. Manche unter ihnen besitzen pudrig-feine Flügelchen (beim Umarmen nicht dran zupfen oder reiben!).

Herkunft: Viele Elfen sind nordischer Herkunft – Skandinavien, Island, Irland …

Vorlieben: Blumen, Sonne, Schönheit, Spiel, Harmonie

Vorkommen: Wälder, Seen und Teiche, Bachläufe in der unberührten Natur

Was hast du zu erwarten?

Eine völlig neue Naturwahrnehmung, und wir reden hier nicht vom letzten Esoterik-Trip. Ein Blick von diesem Typ kann dir die ganz Schönheit, Kraft und Würde der Natur offenbaren. So zart diese Jungs auch manchmal wirken, so mächtig kann ihr Blick oder ein Lächeln von ihnen sein! Und dann bist du verloren – gebannt von ihrer Macht.

Doch an ihr sprunghaftes Wesen wirst du dich gewöhnen müssen – oder du hast keine Chance, mit einem Elf glücklich zu werden. Sie gehorchen nicht den Spielregeln der Menschen und haben bei all ihrer Schönheit doch auch immer etwas Unberechenbares an sich.

Außerdem müssen wir dich warnen: Elfen brauchen sehr, sehr lange, um sich auf einen Menschen einzulassen und vielleicht (aber nur ganz vielleicht!) eine Liebesgeschichte zu beginnen. Bei diesen Typen brauchst du nicht auf einen One-Night-Stand zu hoffen, sondern auf lebenslange Liebe. Auch wenn du dann schon alt und grau bist.

Wo findest du einen Elf?

Elfen zeigen sich nicht ohne Weiteres. Sie sind scheue Wesen. Nach deinem Schwarm wirst du also eine Weile suchen müssen.

Doch sie haben auch ihre Lieblingsplätze, Orte, an denen sie sich bevorzugt aufhalten.

Falls du jetzt erwartest, dass wir dir vorschlagen, mit einer Duftkerze in den Wald zu laufen und dort nach deinem Auserwählten zu suchen, liegst du leider nicht ganz falsch. Wälder sind in der Tat die besten Orte, um Elfen aufzustöbern.

Es gibt verschiedene Elfen, die du folglich auch an verschiedenen Orten finden kannst. Hier eine kurze und nicht vollständige Übersicht:

Blumenelfen

Sie lieben schattige Plätze unter einer kleinen Weißdornhecke, einer jungen Felsenbirne oder dem seltenen Feendorn (wie der Name schon sagt). Das goldene Kreuzkraut verleiht ihnen die Kraft zum Fliegen, und die Dornenröschen mit ihren delikaten Seelen sind ihre Favoriten.

Brunnenelfen

Zwischen Algen, unter Seerosen und im Schilf machen sie es sich heimelig.

Waldelfen

Am liebsten hängen sie auf einsamen, frei stehenden, windzerzausten Bäumen herum. Eichen sind gut, Kiefern noch besser.

Ob Eberesche, Esche, Schlehe, Holunder, Birke, Buche, Apfelbaum, Weide, Espe, Lorbeer, Erle, Stechpalme oder Pinie – Bäume sind ihre Freunde. Wenn du also mal wieder einen krummen, verbogenen und vom Wind gebeutelten Baum siehst, am besten auf einer Klippe oder an einem Abhang, dann weißt du: Elfenhotspot.

Zumindest wird dein Elfenschwarm hier ab und an vorbeischwirren, denn auf solche Orte stehen sie. Vor allem bei Unwettern (dann wackelt der Baum schöner als jede Achterbahn).

Dunkelelfen

Mit den Jungs ist nicht gut Kirschen essen. Wenn du auf Bad Boys stehst, dann bist du bei der kriegerischen Ausgabe der Elfenfamilien richtig. Mit Menschen haben die düsteren Cousins der lichten Elfen wenig am Hut, sie sind heimatlose Nomaden mit schlechter Laune. Daher können wir dir auch keine geeigneten Plätze nennen, wo du ihnen über den Weg laufen könntest.

Immortal Tipp

Unternimm keinen Waldspaziergang mehr, ohne vorherige Einstimmung mit Duftkerzen und Harfenmusik. Willst du einen Elf treffen, musst du mit allem rechnen! Diese schalkhaften Wesen lassen sich nicht leicht entdecken – und noch weniger leicht daten.

Doch das sollte dich nicht davon abhalten, schließlich hast du dich für diesen Immortal-Typ entschieden, weil du auf das Ungewöhnliche stehst. Und wenn du dich verliebt hast und es dir richtig ernst ist, dann wird das dein Elf schon spüren. Findet er dich auch attraktiv, macht er es dir sicher auch ein kleines bisschen leichter, ihn zu treffen.

Die besten Zeiten, um einen Elf zu entdecken

Elfen halten sich an alte Jahresrhythmen, saisonale Zyklen, meist von der Natur vorgegeben. Es gibt daher besonders vielversprechende Zeiten, zu denen sie uns näher als sonst üblich sind. Der 5. Februar mit dem Fest von St. Ceera ist ein solches Ereignis.

Gut geeignet sind außerdem:
Imbolc – 1. Februar
Beltane oder Walpurgisnacht – in der Nacht zum 1. Mai
Samhain oder Halloween – in der Nacht zum 1. November
Sommersonnenwende/Mittsommernacht – 24. Juni
Wintersonnenwende/Mittwinter oder Julfest – 21. Dezember

Vielleicht geeignet:*
Der erste Tag im Frühling, Sommer, Herbst, Winter
Beginn des Neuen Jahres – die Nacht zum 1. Januar
Pfingstsonntag
4. November – der Geburtstag der Autorin. Wir finden, das ist auch ein besonderer Tag!
*(*Wenn du so verzweifelt bist, dass du nichts unversucht lassen möchtest!)*

Wichtig:

Wie du vielleicht gemerkt hast, sind die obigen Tage und Nächte allesamt Übergangsphasen. Parallel dazu ist auch die Wahrscheinlichkeit, einen Elf zu treffen zu bestimmten Tageszeiten ebenfalls höher. Elfen zeigen sich gerne im Zwielicht – in der Abenddämmerung und im Morgengrauen –, wenn die Grenzen zwischen ihrer und unserer Welt verschwimmen.

Wie kann man mit einem Elf am besten ins Gespräch kommen?

Viele empfehlen, Gespräche mit Elfen mit einem Segensspruch oder einem kurzen Gebet zu beginnen. Wir finden das altmodisch, falls du aber gerade mitten im Gebet bist oder einen Segen auf den Lippen hast, zögere nicht, ihn dem Elf mitzuteilen. Es wird ihn freuen.

Ansonsten empfehlen wir unverfänglichere Themen. Die neuen Bebauungspläne für den Waldrand und die neue Umgehungsstraße solltest du wohl besser nicht als Erstes thematisieren (falls sein Lieblingsbaum davon betroffen ist, wird ihn das nur verärgern – und das Gespräch wird entsprechend kurz ausfallen). Sprich lieber mit ihm über das Wetter, die knospenden Blüten der Bäume oder das Rauschen des Windes.

Seid ihr dann länger im Gespräch, kannst du mit ihm über Kraftorte, Heilpflanzen, Mondphasen und Chakrasteine zur Karmareinigung sprechen. (Lies dich vorher in die Themen ein. Das hilft!)

Warnung!

Manche sagen, dass unsere moderne Lebensweise eine Art »Kriegserklärung« an das Elfenvolk sei: Wir respektieren die Natur, also ihren Lebensraum, nicht genug. Wir bebauen das Land, wir halten Tiere in Massenhaltung, und wir verändern Pflanzen durch Gentechnik.

»Krieg« ist vielleicht nicht das richtige Wort, doch das Verhältnis zwischen den Elfen und den Menschen ist in den letzten Jahren – na gut: Jahrhunderten – schwierig geworden. Die Elfen haben sich zurückgezogen.

Mit deinem Liebsten wirst du wahrscheinlich viele Diskussionen zu diesem Thema führen müssen. Das kann zunächst anstrengend sein, später wird es eure Liebe über die Grenzen hinweg aber so richtig zusammenschweißen.

Geht gar nicht!

Noch heute gilt es als unglücksverheißend und äußerst gefährlich, wenn du einen Elf bei seinem richtigen Namen rufst! Manche sagen sogar, dass man einen Elf in die eigenen Dienste zwingen kann, wenn man seinen »richtigen« Namen kennt und ausspricht. Also: Das wird dir mit Sicherheit Ärger einbringen – wenn nicht von ihm, dann zumindest von seiner Familie. Kosenamen jeglicher Art sind daher willkommen! (Und lass dir was Originelleres einfallen als Schatzi, Hasi oder Elfi!)

Das erste Date: Vorbereitungstipps

Du hast deinen Elf gefunden! Ihr habt nett geplaudert, tiefe Blicke getauscht – und er hat dich zum ersten Date eingeladen.

Wow, Glückwunsch!

Du bist aufgeregt, und das ist verständlich.

Hier die wichtigsten Tipps für die allerbeste Vorbereitung. Schließlich freust du dich auf einen super-romantischen Tag mit deinem Elfenschwarm. Und der soll nicht durch mangelnde Vorbereitung ruiniert werden.

Tipp	**Ankreuzen, wenn du es erledigt hast**
Du hast geduscht? (Duschgel ohne synthetische Zusatzstoffe)	
Fingernägel und Füße sind sauber? (Alle Nagellackreste sind weg?)	
Zähne geputzt? Kein Mundgeruch?	
Haare sind gewaschen, gekämmt und getrocknet?	
Du hast dich für das romantische Kleid aus weicher Baumwolle oder Seide entschieden, in dem du dich selbst am schönsten findest?	
Parfüm? (Bloß nicht zu viel!!! Noch besser: gar keins!)	
Handtasche ist gepackt? (Taschentücher, Portemonnaie, Blütenpotpourri und Kamm)	

Styling-Tipps zum Schluss

Wirf noch mal einen Blick auf deine Garderobe: Im tief ausgeschnittenen, weinroten Kleid mit schwarzem Spitzenbesatz konntest du vielleicht deinen Vampir um den Finger wickeln, bei einem Elf wirst du damit keinen Erfolg haben.

Sie stehen eher auf Pastelltöne und weiche, fließende Stoffe, die deinen Körper sanft umspielen.

Deine Kleider sollten nicht zu weit und zu ausgeschnitten sein, eher im Gegenteil. Die Kunst besteht darin, eigentlich »nichts« zu zeigen und doch ab und zu ein bisschen Haut blitzen zu lassen.

Vorher duschen versteht sich von selbst, denn wie alle Unsterblichen sind auch Elfen extrem geruchsempfindlich. Auf Parfüm solltest du deshalb verzichten, und wenn du es nicht kannst – ein Hauch von Fresien, vielleicht mit einer Nuance von Maiglöckchen, reicht völlig. Und schminke dich auf keinen Fall zu viel! Du bist jung. Und so kannst du auch aussehen – dafür liebt dich dein Schwarm. Also mach bloß nicht den Fehler, dich mit Make-up vollzukleistern, sodass du aussiehst wie 35. »Dezent« lautet die Maxime: Ein wenig Wimperntusche, zarter Lidschatten, helles Lipgloss – das reicht vollkommen!

Vorteile beim Daten eines Elfs

Wir wollen jetzt nicht sagen, dass ein Elf genau die Art von Junge ist, die sich deine Mutter als Schwiegersohn wünscht. Oh nein! Auch Elfen können ganz schön eigen sein.

Eine Beziehung mit ihnen bietet jedoch einige ganz entscheidende Vorteile:

Sie hängen nicht nur in der Nacht rum, sondern du kannst sie auch tagsüber treffen.
Und damit bleibt dein Biorhythmus intakt, du bist nicht ständig müde in der Schule, musst dir keine Ausreden fürs nächtliche Aufbleiben ausdenken, und deine Freunde kannst du auch noch ab und an treffen.

Du kannst deinen Schwarm deinen Freunden vorstellen.
Und zwar, ohne dass er bei ihrem Anblick und beim Anblick ihrer Haustiere gleich an seine nächste Mahlzeit denkt.

Du kannst ihn auf Familienfeiern mitnehmen.
Deine Tante Gertrud wird ihn mit Sicherheit ganz reizend finden, so zuvorkommend freundlich, wie er sich verhält. Frag aber besser nicht, was Onkel Wilfried von deinem langhaarigen Hippie hält.

Eine Trennung von einem Elf muss nicht zwingend tödlich verlaufen.
Manche Frauen, so heißt es in Legenden, haben sich wohl nach der Affäre mit einem Elf mit gebrochenem Herz von Burgmauern, Klippen oder gar Hochhäusern gestürzt; Elfen selbst morden jedoch äußerst selten. Sie streiten es zumindest immer vehement ab.

Körperkontakt!

Deine Chancen, beim Küssen, Fummeln oder anderen körperlichen Aktivitäten nicht zu Schaden zu kommen, stehen bestens! Er beißt nicht, kratzt nicht und saugt kein Blut!

Ihr könnt gemeinsam essen!

Es mag dir vielleicht zunächst nicht wichtig erscheinen, aber allein dieser Punkt beschert dir völlig neue Erfahrungen. Wie die meisten Unsterblichen teilt der Elf nicht die menschliche Begeisterung für Fastfood. Stattdessen könnt ihr aber gemeinsam die Leckereien aus seiner Küche genießen. Probier doch mal in Tautropfen gelierte Lavendelblätter, mit Ahornsirup angedickte Maronen, mit Rosenblättern gewürzten Holundertee … lecker!

Achtung!

Nimm nie leckere Elfenspeisen zu dir, die du nicht selbst zubereitet hast. Damit hast du sonst dein eigenes Urteil gefällt, ein Jahr und einen Tag bei deinem Schwarm im Elfenland abzuhängen. Wenn er dich richtig scharf findet, wird er nichts unversucht lassen, dich in sein Reich zu entführen … Hast du wirklich Lust, deine Freunde und deine Familie so lange nicht zu sehen? Puh, oder eine Klasse zu wiederholen?

Worauf stehen sie?

Du bist fasziniert von diesem Typ, weil du sensible, feinfühlige und dabei noch witzige Jungs magst.

Und du hast eine Chance bei ihm, wenn du wenigstens ein paar der folgenden Eigenschaften hast:

Entdecke deine »grüne Seite«!

- Du liebst Blumen?
  Sehr gut.
- Du kaufst dein Gemüse nur auf dem Bauernmarkt?
  Wunderbar!
- Du magst Sonne auf der Haut und frische Luft – auch wenn's zur Sache geht?
  Prima, Sex auf der Blumenwiese ist nicht für jeden was, aber dein Elf ist dabei!
- Du organisierst regelmäßig Demonstrationen gegen Tierversuche?
  Bingo! Auf solche Mädchen stehen Elfen. Sie selbst sind überaus naturverbunden, und etliche von ihnen stehen immer noch in tiefer Verbindung mit den Urelementen. Du solltest deinen inneren »Spirit« also unbedingt freisetzen, wenn du herausfinden willst, ob du mit deinem Schwarm auf einer Wellenlänge liegst.

Immortal Tipp

I kissed a girl … – falls du auch Mädchen irgendwie sexy findest, hier unser Tipp zum Thema »Elfen«: Zugreifen! Unter den Elfen gibt es sehr viele lesbische und bisexuelle Geschöpfe! Sie nehmen das mit dem Geschlecht nicht so ernst, da die Grenzen bei ihnen verschwimmen. Schau dich am besten unter den Zauberelfen, den Halbelfen und den Feenelfen genauer um.

Es hat geklappt – das erste Date

Elfen finden es zwar reizend, eine Jungfrau zu daten, doch ist ihr verführerischer Spieltrieb nicht zu unterschätzen. Wir empfehlen deshalb: Krall dir den hübschen Typ aus der Eisdiele oder den netten Kerl aus dem Sportverein, probier alles, was du schon immer wissen wolltest, mit ihm aus, und sei für die Nacht mit deinem Elf wenigstens in den elementaren Dingen vorbereitet. Es wird schon noch genügend Überraschungen für dich geben.

Damit beeindruckst du deinen Elfenschwarm

- Köstlichkeiten aus dem Gartenkochbuch deiner Oma
- selbst destilliertes Blumenparfüm (ausreichend verdünnt)
- politisch und ökologisch korrekte Meinungsäußerungen (Du weißt schon: Es sind Naturwesen!)
- freiwilliges Engagement im Tierheim

Bloß nicht!

Achtung, nicht an den Ohren kraulen. Es handelt sich schließlich nicht um einen Dackel. Für Elfen sind ihre Ohren hochsensible Sensoren. Sie dort zu kraulen, wäre in etwa so, wie wenn dir jemand ständig in die Augen fasst, bloß weil er von deinen schönen blauen Augen schwärmt. Das würde dich ja wohl kaum anmachen? Oder?

Meine Erfahrung mit dem Elf

Meine Mutter hatte Kuchen gebacken.

Ich hatte versucht, den Ball flach zu halten und es echt locker anzugehen, aber Adrian war der erste Junge, den ich meinen Eltern vorstellte. Und meine Mutter war aufgeregt, so aufgeregt, dass sie sogar die Fenster putzte.

Als Adrian dann kam, hoffte ich inbrünstig, dass sie seine spitzen Ohren nicht bemerken würden und dass er immer schön auf dem Boden laufen würde. Das klappte gut – er schwebte nur ein einziges Mal, und zwar im Garten. Elfen hassen es, wenn sie unschuldige Halme zerknicken.

Mein Vater ist ein begnadeter Gärtner, und es dauerte nicht lange, bis er und Adrian in einem intensiven Gespräch über die Bestäubungsdauer von Phlox und Lavendel verwickelt waren.

Den Kuchen hat Adrian fast nicht angerührt, aber er hatte meiner Mutter ein schönes Kompliment gemacht, und da sie ihn für einen Balletttänzer hielt, dachte sie, er müsse auf seine Figur achten.

Doch, es ist ganz gut gelaufen.

Und nächste Woche will mein Vater mit ihm auf die Bundesgartenschau gehen.

Friederike K., 15 Jahre

Wie kann man einen Elf verwöhnen?

Ihr seid zusammen! So richtig –, ein Paar. Du hast ihn deinen Freunden vorgestellt, und deinen Eltern auch.

Doch immer nur händchenhaltend beim Mondaufgang im Stadtpark rumhängen wird dir auf die Dauer zu langweilig? Dann versuch doch mal einen »Wellnessabend« mit deinem Elf.

Das könnte ihm gefallen:

- Picknick auf taubedeckter Wiese im Morgennebel (iPod stecken lassen, stattdessen Omas selbst eingekochte Vorräte plündern.)
  Achtung: In den frühen Morgenstunden ist es oft noch empfindlich kalt. Schnupfengefahr!

- Wenn er eine gehörige Portion Humor hat, zeige ihm doch deine selbst erdachten Ballettschritte im brandneuen Tutu bei Sonnenuntergang im sommerlichen Wald.
  Achtung: Vergiss die Zeckenimpfung nicht.

- Sehr viel Spaß macht den meisten Elfen auch das Jagen von Schneekristallen in stillen Winternächten.
  Achtung: Nicht mit Weihnachtsmarkt und einer lustigen Glühweinrunde mit allen deinen Freunden kombinieren! Das wird deinen Schwarm eher verschrecken.

- Von Libellen umschwirrt in einer Vollmondnacht auf dem See paddeln. Damit es so richtig romantisch wird, könntest du auch noch ein paar Schwimmkerzen auf den See setzen.
  Achtung: Nimm Wechselklamotten mit (in einer wasserdichten Verpackung); falls es zur Sache geht, kann es recht nass werden. Und: Frag deinen Lover nicht, wie oft er schon solche Abende hatte. Er ist schließlich schon lange ein Elf …

Das Wunder in meinem Leben

Als kleines Mädchen habe ich Märchen nur so verschlungen. Ich liebte das Mystische, das Magische, das Unsichtbare und Unbekannte! Ich konnte den Herzschlag der anderen Welt hören! Am wohlsten habe ich mich in der Wildnis gefühlt. Dort, wo die Elfen leben. Wo ich wusste, dass sie zu finden sind. Im Dickicht der Wälder, unter Baumkronen, in Baumlöchern, auf dem Teich, im Blumenfeld. Jede Pflanze flüsterte mir ihr Geheimnis zu. Doch nach einiger Zeit vergaß ich all dies. Ich wurde erwachsen.

Aber dann ist das Wunder in mein Leben zurückgekehrt! Ich habe Doughan gefunden, meinen Elf. Ich war 16, und wir lernten uns zufällig bei einem Waldspaziergang an einem kleinen Teich kennen, er hatte die schönsten Augen, die ich je gesehen habe, grün mit goldenen Punkten. Seit diesem Tag sind wir unzertrennlich.

Er ist meine echte große Liebe und er zeigt mir eine andere Welt!

Anja Z., 17 Jahre

Absolutes Tabu!

An dieser Stelle müssen wir dich noch auf ein absolutes Tabu hinweisen. Niemals, wir wiederholen, NIEMALS solltest du deinem Schwarm als Reiseziel für den spontanen Kurzurlaub Island vorschlagen!

Wenn er dich seiner ganzen Sippe vorstellen will, prima, wunderbar, freu dich und betrachte es als größtes Kompliment. (Vermutlich wird er dich als Nächstes um die Verlobung bitten.)

Du selbst solltest jedoch keine Reise nach Reykjavik buchen, ganz gleich, wie verlockend die Sonderangebote gerade sind.

Diese Insel ist Elfenland, es gibt sogar eine staatliche Elfenbeauftragte. Sie ist u. a. für die Vergabe von Baugenehmigungen zuständig, denn in dieser Region der Erde respektieren die Menschen die Unsterblichen – und die angestammten Gebiete der Elfen zählen als schützenswertes Kulturgut.

Ohne explizite Einladung durch die Sippe deines Schwarmes dorthin zu fahren, würde ungefähr so viel Ärger bringen, wie wenn du ohne Ankündigung auf dem größten Familienfest seit Generationen mit ihm aufkreuzen würdest. Das könnte für viel Trouble sorgen, vor allem bei seiner Mutter.

Eifersucht

Du bist glücklich mit deinem Schwarm. Du hast ihn deinen Eltern vorgestellt und deinen Freunden auch. So weit ist alles super gelaufen. Deine Eltern finden ihn nett und deine Freunde süß, besonders deine beste Freundin.

Und bevor du dich verguckst, hat sich deine beste Freundin verknallt. Und zwar in deinen Immortal.

Du hast nicht viele Chancen, aber das kannst du tun:

- Deinen Elf für die nächsten zweihundert Jahre (jaja, die leben lange!) einschließen und deine Freundin fortan ausschließen. Vielleicht lassen die beiden voneinander, vielleicht wird das aber auch nur eine dieser tragischen Liebesgeschichten, von denen die Barden in dreihundert Jahren noch schwärmen.

- Deinen Eltern spontan einen Umzug nach Novo Sibirsk vorschlagen und deinen Elf kurzerhand mitnehmen, die Freundin aber zurücklassen. (Und sie darf nie deine Adresse in die Finger kriegen!)

- Inszeniere ein bühnenreifes Eifersuchtsdrama. Dein Elf wird dich zwar möglicherweise trotzdem verlassen, doch zuvor amüsiert sich noch einmal die gesamte Elfencommunity. Vielleicht kannst du so seinen kleinen Bruder für dich gewinnen?

Sei selbstbewusst und tu so, als würdest du nichts bemerken. Vielleicht legt sich die Begeisterung deiner Freundin (unwahrscheinlich) oder dein Elf ist beherrscht genug, sie abzulehnen.

Tröste dich einfach damit, dass er, weist er sie nicht zurück, sowieso nicht der richtige Typ für dich gewesen wäre.

Selbst fremdgehen. Elfen lieben das Spiel und die Verführung und hätten ihre helle Freude an der Verwirrung, die du nun stiften kannst. Und vielleicht gewinnst du so auch deinen Schwarm zurück …

Wie werd' ich ihn los?

Willst du das wirklich?

Der Engel

Schutzengel oder Engel aus den Heerscharen Gottes sind sanftmütige, sehr zuvorkommende Wesen. Diese Engel sind sehr hilfsbereit. Trotzdem können sie äußerst kämpferisch auftreten, sind bestimmt und wissen, wo's langgeht. Ihre Aufgabenliste ist übrigens lang und ihr Tag mit Arbeit ausgefüllt, denn sie erledigen Aufträge von ganz oben!

Gefallene Engel wie Luzifer dagegen können ungebremste Wut in sich tragen – meist auf die Menschheit insgesamt. Sie wurden zwar wegen ihres Aufbegehrens gegen die Hierarchie aus dem Himmel verbannt. Doch genau dafür geben sie uns Sterblichen die Schuld. Das ist vielleicht nicht der beste Ausgangspunkt für eine stabile Beziehung, aber Garant dafür, dass es nicht langweilig wird! Insgeheim sehnen sie sich nach Harmonie, weshalb sie selbst unbewusst immer wieder ihre eigenen Intrigen und geschmiedeten Ränke torpedieren.

Ach, übrigens: Viele Engel haben tatsächlich imposante, leuchtend weiße Flügel. Wenn sie diese entfalten, sind sie ein majestätischer Anblick. Sie sind so stark, dass sie die Engel bis in den Himmel hinauftragen. Von Abstürzen ist noch nichts bekannt! Werden die Flügel nicht gebraucht, werden sie eingeklappt. Wir Menschen sehen diese Flügel nur dann, wenn die Engel dies wollen.

Mit wem hast du es zu tun?

Aussehen: Menschengleich, anmutig und grazil, teils geflügelt, oft barfuß und mit langem, gelocktem Haar, oft sehr androgyn (es ist nicht auf den ersten Blick zu erkennen, ob sie männlich oder weiblich sind)

Alter: Älter als die Menschheit, von Gott erschaffen, bevor es die Menschen gab

Besondere Merkmale: Guter Draht zu Gott – und das gilt für nette Engel wie gefallene Engel gleichermaßen; den guten Draht kann man nicht einfach kappen – er ist da, ob man will oder nicht! Außerdem können sie nicht lügen …

Herkunft: Engel wie gefallene Engel: von Gott erschaffen, ursprünglich Himmelsbewohner; seit ihrem Höllensturz sind die gefallenen Engel im Himmel aber nicht mehr willkommen

Vorlieben: Engel: Menschen schützen, ihnen Botschaften übermitteln, auch richtig schlechte (!); kämpfen auch für oder gegen Menschen, wenn es sein muss; sind hilfsbereit
Gefallene Engel: Die gefallenen Wächter unter Azazel sind für Wetten mit fatalem Ausgang zu haben, fordern gerne Gott heraus und führen die Menschen in Versuchung; insgeheim aber wünschen sie sich die Rückkehr in das himmlische Paradies, auch wenn es ein paar unter ihnen gibt, denen es dort zu friedlich und langweilig zugeht.

Vorkommen: Engel wie gefallene Engel sind unter uns; besonders viele davon sind Schutzengel oder auch sogenannte Schreiberengel, die Chronisten der guten wie schlechten Taten eines jeden. Höhere Engel gibt es dagegen wenige; nur sieben Erzengel sind bekannt, darunter Michael, Gabriel und Raphael. Auch die Zahl der gefallenen Engel ist unbekannt, manche glauben, ihre Zahl ist unendlich; die wichtigsten sind Luzifer, der Lichtträger, und Azazel.

Was hast du zu erwarten?

Mit einem Engel kannst du den Himmel auf Erden oder die pure Hölle erleben. Echte Engel sind die Freundlichkeit in Person. Ihre gefallenen Pendants dagegen sind voller Abgründe und unberechenbarem Zorn, der still unter der Oberfläche brodelt. Andererseits sind sie aber auch wahre Engel. Und wenn sie dir ihren Charme zeigen, kannst du ihm nicht widerstehen …

Schon gewusst?

Gefallene Engel haben meist dunkle Flügel, aschgrau bis pechschwarz. Manche von ihnen haben gar keine mehr oder nur noch versengte Stummel und können nicht mehr anmutig davonschweben. Sie sind zutiefst tragische Wesen, da sie sich nach Liebe verzehren, vor allem danach, selbst wieder lieben zu können. Begegnest du solch einem innerlich zerrissenen Wesen, dann fass dir ein Herz und versuche, es zu retten. Aber nur, wenn du eine Schwäche für ausweglose Fälle hast!

Was für einen Engel hast du erwischt?

Auch bei Engeln gibt es ganz unterschiedliche Typen. Um dir ein klareres Bild zu verschaffen, haben wir einen kurzen Auszug der handschriftlichen Annotationen in der »Encyclopaedia angelica« für dich abgedruckt:

Archangeli (Erzengel)
Die bedeutendsten Engel, es gibt nur sieben von ihnen. Richtig wichtig! Aber auch mächtig beschäftigt, die Welt und die Menschheit an sich zu retten!

Angeli adiuvari (Helferengel)
Auch rund um die Uhr im Einsatz, aber mit kleineren Aufgaben betraut als die **Archangeli.** Helfen gern im Haushalt oder bei kleinen Problemen des Alltags.

Angeli scribari (Schreiberengel)
Die Schreiberengel treten immer zu zweit in Erscheinung. Protokollieren die guten und schlechten Taten eines jeden Menschen und schauen ihrem zugewiesenen Mensch beständig über die Schulter. Der Schreiberengel, der für das Aufzeichnen der schlechten Taten zuständig ist, gewährt immer noch eine Gnadenfrist, damit der Mensch Reue zeigen oder Buße tun kann. Dann wird die schlechte Tat nicht vermerkt. Praktisch, oder? Leider können diese Jungs mit ihrem moralischen Gefasel auf Dauer total nerven.

Angeli protectori (Schutzengel)
Wie der Name schon verrät, beschützen die Schutzengel ihren zugewiesenen Menschen vor allem erdenklichen Unheil. Da sie sich oft lange um einen Menschen kümmern, hast du im Zweifelsfall viel Zeit, um bei ihm zu landen. Also lass dich von ihm retten – es lohnt sich.

Angeli inversi (gefallene Engel)
Achtung: Eigentlich gehören sie nicht mehr zu den Himmelsbewohnern, sind vom Chef rausgeworfen worden, weil sie aufmüpfig waren. Hat ihre Laune nicht gefördert! Aber ihr überirdischer Zorn und ihre rebellische Art können auch ganz schön sexy wirken.

Angeli traversi (Verkehrsengel)
Diesen Engelstypus gibt es seit dem Aufkommen der motorisierten Fortbewegungsarten des Menschen. Achtet darauf, dass keine Autos aneinanderrasseln, Fahrradfahrer wohlbehalten nach Hause kommen, Flugzeuge sicher landen … kommen aber kaum hinterher mit ihren Aufgaben und haben somit eher wenig Zeit für ein Date mit einer Sterblichen!

Angeli proclamari (Verkündigungsengel)
Zeichnen sich durch eine laute, klare, geschulte Stimme aus. Erklären endlich mal klipp und klar, was der alte Herr da oben so vorhat in näherer Zukunft! Viele gibt's aber nicht davon. Sonst wüsste man besser, was ansteht … sind aber auch ziemlich besserwisserisch und altklug.

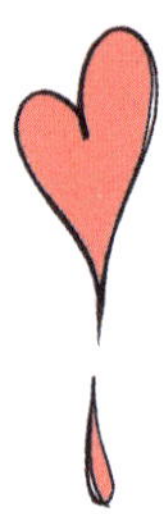

Woran erkennt man einen Engel?

Manchmal sehen sie ja aus wie echte Menschen. Aber so einen willst du ja nicht – du willst einen »echten« Engel! Oder doch lieber einen gefallenen Engel?

Hier eine Checkliste, wen du nun wirklich vor dir hast …

Welche Aussage trifft auf deinen Schwarm zu?

1a. Er ist blass und ein bisschen übernächtigt (das liegt wohl an den Computerspielen).
1b. Er ist blass und ziemlich übernächtigt (das liegt am vielen Nachgrübeln, wie man die Menschen in Verführung bringen kann).
1c. Er ist blass und ziemlich übernächtigt (das liegt an den vielen zu erfüllenden Aufgaben).

2a. Seine Augen leuchten, aber erst nach dem zweiten Bier
2b. Seine Augen leuchten zwar immer – aber mit spöttischem Funkeln.
2c. Seine Augen leuchten immer – und zwar mit sanftem Schimmer.

3a. Er lächelt, wenn er mich sieht.
3b. Er lächelt leicht ironisch, wenn er mich sieht – und weiß, dass ich es genau sehe.
3c. Er lächelt, wenn er mich sieht – und denkt, dass ich es nicht sehe.

4a. Er ist ausgesprochen gut aussehend, muskulös und dabei doch eher zart und nicht sonderlich stark.
4b. Er ist ausgesprochen gut aussehend – und dabei noch ungemein stark. Außerdem verfügt er – wie die meisten Unsterblichen – über besondere Fähigkeiten. (Welche? Will ich gar nicht wissen!)
4c. Er ist ausgesprochen gut aussehend – und dabei noch ungemein stark. Außerdem verfügt er – wie die meisten Unsterblichen – über besondere Fähigkeiten. (Welche? Muss ich noch rausfinden!)

5a. Er ist überaus hilfsbereit und freundlich (wahrscheinlich versucht er aber nur, meine Mutter zu beeindrucken).
5b. Er hilft manchmal – aber damit rechnen kann man nicht (meistens macht er genau das Gegenteil und verhindert damit Gutes).
5c. Er hilft – immer und jedem (das ist schließlich seine Bestimmung).

Auswertung

Du hast meistens a angekreuzt?
Bist du dir sicher, dass dein Schwarm wirklich ein Unsterblicher ist? Pass auf, dass du nicht auf den »netten Typen« von nebenan reinfällst. Du wirst zwar mit Sicherheit jede Menge Spaß mit ihm haben, aber wolltest du nicht einen Engel? Und zwar einen echten?
Dann musst du noch weitersuchen!

Du hast meistens b angekreuzt?
Du hast zwar einen gefallenen Engel geangelt, aber wolltest du das auch? Klar, er ist interessant und hat Geheimnisse, die überaus spannend sind. Er hat jede Menge Abenteuer hinter sich und langweilig wird's mit ihm nicht. Aber wenn du eigentlich auf der Suche nach dem netten, lieben Kerl bist, der himmlische Gefühle in dir weckt, dann musst du wohl noch weitersuchen!

Du hast meistens c angekreuzt?
Ja! Dein Schwarm ist ein echter Engel. Genau das, was du gesucht hast. Wir gratulieren!

Wie kann man seinen Engel glücklich machen?

Dein Schatz tut alles für dich, er trägt dich auf Händen und legt dir die Welt zu Füßen? Klar, er ist ja auch ein echter Engel … Und genau deshalb hast du dir diesen Typen (oder seinen Verwandten, den gefallenen Engel) schließlich geangelt.

Aber kannst du auch etwas für ihn tun?

Hier ein paar Tipps, was deinem Schwarm gefallen könnte …

Darauf stehen Engel:

- Pünktlich, zuverlässig und immer mit ordentlichen Klamotten zum Date kommen
- Vergiss seinen Geburtstag und die Feiertage in seiner Welt nicht – sie sind ihm wichtig! (Mach dir notfalls Notizen im Kalender.)
- Nackenmassage (von den vielen Aufgaben und der ganzen Verantwortung, die auf ihm lastet, ist er oft ein bisschen verspannt)

Damit machst du gefallene Engel glücklich:

- Komm zum Date und versetz ihn nicht. (Unnötig im Café auf dich zu warten, macht ihn echt ärgerlich – da nützt auch ein Latte Macchiato mit doppeltem Espresso als Versöhnungsangebot nichts.)
- Du hast auch noch andere, sehr individuelle Interessen? Wunderbar, für neue Abenteuer ist er immer zu haben. Dann schlägt er dir vielleicht auch eine Motorradtour zu zweit vor.
- Du bist sexy? Zeig es ihm ...

Ein Geständnis

Es ist einfach so umwerfend toll mit ihm. Ich kann das gar nicht so richtig beschreiben! Er ist für mich da, will mich nicht ändern, sondern nimmt mich so, wie ich bin. Ich muss mich nicht verstellen. Manchmal ist er so süß schüchtern. Jedenfalls hab ich die beste Zeit meines Lebens mit ihm. Es ist so toll, zur Abwechslung mal jemand zu haben, der mich versteht! Dem ich nichts erklären muss … Ich liebe ihn so schrecklich. Er ist der Einzige für mich. Wir lachen viel zusammen, trösten uns auch, wenn's mal nicht so doll läuft. Und gestern hat er so umwerfend gelächelt, als er entdeckt hat, dass ich seinen Namen auf sämtliche Ordner gekritzelt habe …

Luce, 14 Jahre

PS: Ich dachte, nur Liebe wäre unsterblich. Aber jetzt sind es die Jungs auch.

Ich weiß nicht, was soll es bedeuten …

Manchmal ist es nicht einfach, die Körpersprache eines Engels richtig zu interpretieren. Engel sind auch nur Männer und oft recht schweigsam, wenn es um ihre Gefühle geht.

Er sieht dich verträumt an?
Das ist nicht unbedingt ein gutes Zeichen. Vielleicht geht er gerade die Liste durch, was an Aufgaben heute noch vor ihm liegt, welchen Radfahrer er haarscharf vor dem Höllenfahrer im Lamborghini retten muss oder wo er ein Donnerwetter vom Stapel lassen soll, um Fehlgeleitete auf die Spur zurückzubringen.

Er hilft dir beim Einkaufen? Macht den Abwasch?
Wir müssen dich enttäuschen! Das heißt leider nichts! Er ist einfach hilfsbereit, sieht, wenn du viel zu tun hast, und übernimmt ungefragt Aufgaben. Aber er würde jedem anderen genauso helfen.

Er geht geduldig mit dir shoppen und steht jede noch so langwierige Anprobe deinerseits durch?
Gut für dich! Das heißt, dass er sich tatsächlich Zeit für *dich* nimmt. Denn eigentlich ist er dir keine echte Hilfe und daher versteht er diese Aktivität als Auszeit von der Arbeit. Ganz egal, ob der Laden gerammelt voll ist … das ist seine Zeit nur mit dir!

Er fragt, ob du ihm bei etwas helfen kannst?
Hat er das wirklich? Das wundert uns, aber du scheinst dir einen wahren Schatz geködert zu haben! Sonst erledigt er nämlich eigentlich alles alleine! Aber du scheinst ihn so beeindruckt zu haben, dass er in dir eine Partnerin sieht, mit der er alles teilen kann. Lass ihn nicht mehr gehen!

Er antwortet dir auf die Frage, ob er dich auch liebt?
Bingo, wenn er mit Ja antwortet! Alles andere kann, muss aber nichts heißen. Das Gute ist einfach: Dein unsterblicher Schwarm kann gar nicht anders, als die Wahrheit sagen. Das ist nicht immer schön, denn vieles will man gar nicht hören. An dieser Stelle aber hast du den Joker in der Tasche, um alle Ängste, was dich und ihn betrifft, aus der Welt zu schaffen.

Immortal Tipp

Sowohl Engel wie auch gefallene Engel stehen total auf Musik – wenn auch auf völlig unterschiedliche Styles. Engel mögen lieber etwas Klassisches wie ein Violinkonzert von Mozart, aber auch ruhigere Gitarrensongs. Gefallene Engel dagegen reagieren sich auch mal mit Hip Hop und Heavy Metall ab. Frag deinen Schwarm doch einfach mal, ob du einen Blick auf seine Playlist werfen darfst, und überrasche ihn dann mit Konzerttickets für seine Lieblingsband!

Er liebt mich, er liebt mich nicht

Wie gut läuft es noch? Du bist dir nicht sicher, ob er immer noch verknallt ist und nur ein bisschen Zeit für sich braucht – oder ob er langsam die Nase voll von dir hat?

Mach den Test!
So erkennst du, ob noch was zwischen euch läuft – oder ob er nur noch auf den Moment wartet, »es« dir zu sagen.

1. Du hast Geburtstag. Was tut er?

a. Das stand auf seiner Aufgabenliste ganz oben: dich mit einem riesengroßen Blumenstrauß, Konzertkarten und einem Geschenk zu überraschen und dich zum Essen einzuladen.
b. Ist ihm nicht wichtig. Er feiert seinen ja schließlich auch nicht.
c. Er hat den ganzen Abend Zeit für dich, und zwar nur für dich. Als er dich zum Abschied küsst, lässt er ein kleines Schmuckstück in deine Hand gleiten – sein ganz besonderes Präsent für dich.

2. Das Schuljahr ist zu Ende und Zeugnisse werden verteilt. Deins ist in diesem Jahr nicht besonders toll. Was sagt er dazu?

a. Er sagt, dass er sich um deine Eltern kümmert, wenn du es ihnen gezeigt hast.
b. Er sagt, dass er versuchen wird, bei seinem Boss ein bisschen extra Zeit herauszuhandeln, um mit dir auch noch Mathe, Bio und Chemie pauken zu können.
c. Er küsst dich auf die Nasenspitze und schiebt dir die Nummer von der Nachhilfeschule zu. (Die Stunden hat er schon im Voraus bezahlt, aber das erfährst du erst, als du dort anrufst.)

3. Die Sommerferien fangen an. Du hast noch nichts vor. Und er?

a. Er zuckt nur mit den Schultern. Das ist ja wohl nicht auch noch sein Problem. Er hat so viele Aufgaben wie immer.
b. Er überrascht dich mit einem Kurztrip nach Barcelona.
c. Er betont, dass du auf seiner »To-Do-Liste« ganz, ganz oben stehst.

4. Es ist Sonntagabend. Was macht ihr?

a. Er hat Tickets für das Fußballspiel seiner Lieblingsmannschaft.
b. Sonntags? Sonntags hat er nie Zeit.
c. Ihr seid zwar nicht verabredet, aber plötzlich klopft er doch ans Fenster. Er will dir einen Gutenachtkuss geben.

5. Du willst Reiten lernen. Wie reagiert er?

a. Er meldet dich zum Reitkurs an.
b. Er überredet dich zu einer Paddeltour. (Reiten findet er blöd!)
c. Er überrascht dich mit einem Romantik-Wochenende auf einem Reiterhof, und schon bald macht ihr ausgedehnte Ausritte im Wald.

6. Du wirst krank und musst die nächsten Tage im Bett verbringen. Was tut er?

a. Er weicht nicht von deiner Seite, trotz der Proteste deiner Mutter.
b. Deine Mutter sorgt prima für dich. Er verlässt sich voll darauf, dass das sowieso niemand besser kann als sie.
c. Er kauft alle Medikamente, um die du ihn bittest, bringt dir einen großen Blumenstrauß und ein gutes Buch mit. Und dann geht er wieder seine eigenen Wege.

Auswertung

Schau rasch nach, wie viele Punkte du pro Antwort bekommst. Unten erfährst du, was das für dich und deine Chancen bedeutet!

Punkte für …	Antwort a	Antwort b	Antwort c
Frage 1	3	1	5
Frage 2	1	3	5
Frage 3	1	5	3
Frage 4	3	1	5
Frage 5	3	1	5
Frage 6	5	1	3

Wie stehen deine Chancen nun wirklich bei deinem Engel?

Du hast insgesamt bis zu 14 Punkte:
Dein Schwarm hat die Nase voll – und zwar von dir. Eigentlich wartet er nur noch auf den richtigen Moment, um es dir zu sagen. Aber du tust ihm leid, und er will dich nicht verletzen, deshalb wartet er noch auf den »richtigen« Moment. Aber der wird nicht kommen, also ergreif du die Initiative und mach dich aus dem Staub. Und zwar schleunigst.

Deine Punktzahl liegt zwischen 15 und 23 Punkten:

Schwierige Phase, was? Dir geht's nicht so gut, und du hast einen Haufen Probleme am Hals. Eins davon ist dein neuer Lover. Jetzt wird es Zeit für einen Gewissenscheck: Willst du das wirklich?

Wenn du die Frage aus ganzem Herzen mit »Ja« beantworten kannst, dann ist es vielleicht noch nicht zu spät, und eventuell könnt ihr noch die Kurve kriegen. Rede mit ihm!

Du hast 24 Punkte oder mehr erreicht:

Wieso hast du eigentlich diesen Test gemacht? Du schwebst auf rosaroten Wolken, und dein Liebster tut das auch. Er trägt dich auf Händen und verwöhnt dich wie eine Prinzessin. Es läuft gut für euch, und wir können nur hoffen, dass es so weitergeht. Und zwar richtig lange!

Alles hat ein Ende

Dein Schwarm ist ein Engel? Dann kannst du ohne Bedenken einfach Schluss machen. Er wird es zwar nicht schön finden, dir aber nichts nachtragen oder dir übel wollen. Er liebt dich nun mal, und daran ändert dein Verhalten nichts. Das einzige Problem: Du hast dich zwar von ihm verabschiedet, er bleibt dir aber trotzdem bis an dein Lebensende erhalten.

Dein Schwarm ist ein gefallener Engel? Vergiss nie, dass dein Herzblatt nur wie ein Engel wirkt! Seine dunkle, abgründige Seite kann immer wieder durchbrechen. Sei auf der Hut. Wenn sie in der Trennungsphase zum Vorschein kommt, kann es richtig gefährlich für dich werden – und dein Lebensende kommt rascher als erwartet …

Der Geist

Geister sind flüchtige geheimnisvolle Wesen. Stirbt ein Mensch unter besonderen Umständen, dann kann er zu einem Geist werden. Sie gehören längst nicht mehr zu unserer, aber auch noch nicht zu einer anderen Welt. Vielmehr sind sie in einer Zwischenwelt stecken geblieben, in einem Zwischenstadium gefangen. Geister sind schwer fassbar. Das liegt nicht zuletzt daran, dass sie Elementarwesen sind.

Viele Geister haben zu Lebzeiten ihr Leben nicht geregelt bekommen oder müssen noch Ungeklärtes bewältigen. Meist haben sie ein tragisches Schicksal, sind in Liebe jemandem verbunden, den sie nicht verlassen wollen. Oder sie haben einen unnatürlichen Tod gefunden, für den der Täter nie bestraft wurde. Manchmal sind sie auch einfach nicht am rechten Ort beerdigt.

Nicht wenige der Geister waren aber auch selbst die Missetäter. Unter ihnen gibt es also etliche Mörder, die nun für ihre grauenvollen Taten büßen und denen der Zugang zur nächsten Welt verwehrt wird.

Mit wem hast du es zu tun?

Aussehen: Diese Frage ist schwer zu beantworten, denn Geister sind unsichtbar. Aber wenn sie sich dann doch vor dir materialisieren, dann haben sie – genau wie Vampire – das Aussehen, das sie zu ihrem Todeszeitpunkt hatten. Sie wirken höchstens ein bisschen blasser und irgendwie luftiger als im richtigen Leben … Und obwohl ein Geist uralt sein kann, sieht er meist immer noch total süß und frisch aus.

Alter: Geister sind ja Verstorbene, die nicht ins Jenseits überwechseln können. Zum einen sind sie also so alt, wie sie bei ihrem Tode waren, zum anderen leben sie gefangen in diesem Zustand gut und gerne auch ein paar Jahrhunderte. Besonders in schottischen Burgen kannst du in schottischen Burgen noch manchen spuken hören, der älteren Datums ist!

Besondere Merkmale: Das Auffälligste an ihnen ist ihre Unsichtbarkeit! Die meisten sind an den Ort ihres Todes oder aber an das Haus ihrer Kindheit gebunden; sie entfernen sich nie weit weg von diesen Gemäuern.

Herkunft: Sie kommen in allen Kulturkreisen rund um den Globus vor, leben als Geister da, wo sie auch gestorben sind.

Vorlieben: Poltern, heulen, schluchzen, Menschen erschrecken, ihrer Rache nachkommen, einen kalten Hauch des Todes durch Zimmer schicken (früher: Ketten rasseln), Verzweiflung und Todessehnsucht erzeugen, Menschen in den Wahnsinn treiben, ihr eigenes trauriges Schicksal verfluchen und betrauern

Vorkommen: Auf der ganzen Welt – und es gibt mehr, als du denkst!

Was hast du zu erwarten?

Mit Geistern wirst du luftige Romanzen erleben. Sie sind gelassen, verständnisvoll und erfahren und haben einiges aus ihrer Vergangenheit zu erzählen. Langweilig wird es also nicht, und wenn du einen Immortal suchst, mit dem du die Nächte mit verträumten Gesprächen vor dem Kamin verbringen kannst, dann ist dieser Typ genau der richtige. Aber du kannst darauf wetten, dass seine Vergangenheit, sein früheres Leben, auch massiv zwischen euch stehen kann.

Schön, wenn du einen romantischen Gentleman abbekommen hast – schwierig wird es aber, wenn er dir nur von dem unheilvollen Schicksal erzählt, das er seiner geliebten Ex zu verdanken hat, die er nicht aus dem Kopf bekommt. Tragisch auch, wenn seine Vergangenheit sich klärt, seine Leiche zum Beispiel endlich hinter dieser Wand im Keller gefunden wird, und er damit komplett aus deinem Leben verschwindet. Vordergründig sind Geister extrem pflegeleicht, aber vergiss nicht, dass sie nie wirklich denselben Raum mit dir teilen!

Du willst mehr über deinen Geist wissen?

Um einem Geist auf die Spur zu kommen, hilft es, seine Geschichte zu kennen. Warum wurde er zum Geist? Was ist passiert? Oder was sollte passieren und was genau ist schiefgelaufen? Versuche auch herauszufinden, wie dein Geist zuvor als Mensch war. Wo hat er seine Kindheit verbracht, in wen war er verliebt, hatte er eine Familie, Freunde, ein Hobby – alles zählt und kann dich weiterbringen! Entwickle ein Gefühl für deinen Geist, sodass er für dich greifbar wird. Besorg dir Gemälde, Fotos, Artefakte. Lass ihn dir von noch lebenden Bekannten beschreiben.

Nahe Angehörige
Familienmitglieder, besonders Eltern und Geschwister, wissen meist jede Menge über den Geist in ihrer Mitte. Darüber reden

werden sie aber nicht unbedingt. Erfolgreicher bist du wahrscheinlich, wenn du dich in der Nachbarschaft umhörst.

Nachbarschaftstreffen

Der Nachbar ist eine Nervensäge, aufdringlich, besserwisserisch; er kann der absolute Loser sein. Mit besticktem Monogramm auf den Shorts reißt er üble Witze, während er in seinem Getränk rührt und einfach nicht zum Punkt kommt. Übe dich in Geduld, er hört sich gerne reden und irgendwann wird er dir auch den letzten Tratsch über deinen Geist verraten. Wie zuverlässig diese Informationen wirklich sind, musst du dann aber selbst entscheiden.

Bibliothek des Heimatvereins

Ist dein Geist schon älter und direkte Bekannte und Verwandte leben nicht mehr, dann besuche doch einfach die Bibliothek des Heimatvereins. Hier kannst du Aufzeichnungen über seltsame Vorfälle, Niederschriften von Prozessen, Briefwechsel, Notizen des Pfarrers aus der Zeit oder das Geburtsregister der Kirche finden. So erfährst du sicher mehr über deinen Geliebten.

Achtung!

Gib anderen gegenüber vor, dich brennend für Geschichte und Kriminalistik zu interessieren! Solltest du bei deiner Recherche Geister erwähnen, wirst du höchstens für verrückt erklärt und deine Eltern schicken dich zum Psychiater. An die Existenz deines »luftigen« Lovers werden die wenigsten glauben.

So war es wirklich!

Da hatte ich extra monatelang meine Eltern überredet, an einem Schüleraustausch-Programm in Paris teilnehmen zu können, hatte mich bestens vorbereitet, Bücher gewälzt und das Internet unsicher gemacht und dann das! Noch auf dem Weg nach Paris hatte ich von ihm geträumt, mir seine ewig währende Musik auf dem iPod angehört. Hatte mich gefreut, ihm endlich auf dem Friedhof von Père Lachaise gegenüberzustehen. Ganz in Weiß, rüschenbesetzt, offene Haare, barfuß. Doch alles war umsonst, sein Geist war nirgends zu spüren. Von wegen »Break on thru to the other side«! Nächtelang habe ich auf dem Friedhof gehockt, bis ich eine Rotznase und 'nen fetten Schnupfen hatte. Doch der Paris-Urlaub war trotzdem ein voller Erfolg: Statt Jims Geist ist mir dann Raphael, dieser schwarzhaarige, süße Typ aus der Parallelklasse vor die Füße gestolpert …

Ivana S., 17 Jahre

Anmerkung der Autorin: Leider müssen wir dir sagen, dass das der gängigste Fall ist. Du wirst in den seltensten Fällen einen Geist finden. Wenn, dann ist es genau umgekehrt! Ein Geist findet dich! Ist das geschehen, lass dich nicht verunsichern. Er kann dir nur etwas anhaben, wenn du ihn lässt!

Das solltest du wissen: Leben mit einem Geist

Mit einem Geist zu leben, ist etwas Besonderes. Natürlich haben viele einen Hausgeist, Poltergeist oder Windgeist im Haus. Meist gibt der sich jedoch nicht zu erkennen, und man kommt ihm auch nicht so leicht auf die Spur. Das willst du nicht – du willst ein Date!

Hast du deinen Geist gefunden (Tipp: Schlossruine, Türme und Friedhöfe sind beliebte Geisterorte), dann geh aufs Ganze: Lad ihn ein!

Natürlich musst du ihn nicht gleich nach Hause schleppen, probier es doch erst einmal in der Geisterbahn. Es ist dunkel, spukig und macht mit einem echten Geist an deiner Seite doppelt so viel Spaß. Auch Riesenräder, Sessellifte und Hochhausdächer sind prima Orte für ein windiges Abenteuer. Wenn ihr euch und die gegenseitigen Vorlieben dann ein wenig besser kennt, kannst du mitternächtliche, romantische Spaziergänge durch die Altstadt oder den Stadtpark vorschlagen.

Bloß nicht!

Komm aber bloß nicht auf die Idee, deine Freundin, deine Kamera oder deinen Hund mitzunehmen. Deine Freundin wird dich für bekloppt halten, wenn du plötzlich mit einem imaginären Freund sprichst, dein Hund wird sich die Seele aus dem Leib bellen (und alle Nachbarn wecken), und ein Foto von deinem Liebsten kriegst du sowieso nicht. Siehst du ihn denn überhaupt?

Bestens gewappnet

Du hattest früher eine Katze? Perfekt, dann hast du eine super Vorbereitung auf das Leben mit einem Geist hinter dir.

- Ungewohnte nächtliche Geräusche erschüttern dich nicht. Das Trappeln von Schritten auf Holzboden treibt dir nicht den Angstschweiß auf die Stirn.

- Dir jagt kein Schauer über den Rücken, wenn urplötzlich etwas auf deinem Bett landet.

- Selbst wenn sich etwas unter deine Bettdecke schiebt, schreist du nicht auf.

- Übrigens: Ein Vorteil von Geistern gegenüber Katzen liegt darin, dass du für ihn keine Dosen mit Futter die Treppe hoch schleppen oder das Katzenklo sauber halten musst! Er ist ein reinliches Wesen und in Sachen Futter extrem genügsam, sprich: Du musst ihn nicht bekochen!

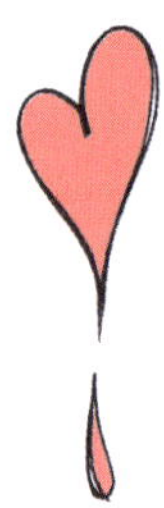

Alles nette Jungs?

Es ist wohl kein Geheimnis, dass nicht alle Geister nett sind. Schaut man sich an, welchen Anteil an Mördern und sonstigen Schwerkriminellen es unter ihnen gibt – Schätzungen gehen von ca. 32 Prozent aus –, dann wird klar, dass die Wahrscheinlichkeit groß ist, auch mal einen nicht so angenehmen Vertreter zu erwischen! Positiv ins Gewicht dürfte fallen, dass etliche der Missetäter tatsächlich nach einiger Zeit (wir reden hier von Jahrhunderten) Reue zeigen und sich ändern. Der andere Teil dagegen sinnt über große Zeiträume über die geeignete Rache nach – nicht wirklich empfehlenswert, etwas mit solchen Typen anzufangen!

Wie werde ich ihn los?

Es gibt einen Trick, ihn loszuwerden! Du musst ihm den Übergang in die nächste Welt ermöglichen. Dazu musst du ziemlich viel über ihn wissen. Aber da ihr zusammen seid, dürfte das doch kein Problem sein, oder?

Du musst zuerst herausfinden, was genau ihn in dem Zwischenstadium zwischen unserer und der nächsten Welt hält. Hast du das geschafft, löse diese Ursache auf: Er wurde ermordet und der Täter wurde nie gefunden? Recherchiere und ermittle so lange, bis du den Mörder gefunden hast. Teile deine Erkenntnisse der Welt mit, rehabilitiere deinen Schatz – tu, was er nicht mehr kann! Dann bist du ihn schneller los, als du gucken kannst! Vorteil: Er wird dir auch noch dankbar sein!

Du willst ihn gar nicht loswerden?

Okay, dann liegt der Fall natürlich ganz anders.

Du willst ihm helfen, ohne ihn ins Jenseits zu befördern … Da hast du schon weniger Spielraum. In manchen Fällen kannst du ihn durch ein Spiegelritual wieder in unsere Wirklichkeit zurückholen.

Wende dich für nähere Informationen am besten an eine Hexe oder einen Exorzisten deines Vertrauens. Sie beraten dich über mögliche Prozeduren. Einfach ist es auf keinen Fall – und vielleicht musst du dich darauf einstellen, dass du in seine Welt reisen musst, wenn es umgekehrt nicht mehr klappt …

Der Dämon

Dämonen sind – Dämonen. Diese uralten Wesen sind mit menschlichen Maßstäben nicht zu fassen. Gut oder böse kennen sie nicht – sie sind, wie sie sind. Das hat einen unglaublichen Appeal. Bei einem Dämon musst du dir keine Gedanken machen, dass er nicht so ist, wie du ihn siehst.

Zugegeben: Sie sehen schon eigen aus, können Reptilienhaut haben, äußerst auffällige Hautfarben, flammende Augen, Hörner, Krallen. Aber du stehst ja auf das Ungewöhnliche, das Wilde, Unvorhersehbare, sonst würdest du einen der braven Elfen daten.

Wie viele von ihnen die Erde bevölkern, ist unbekannt, aber man geht von einer sehr großen Anzahl aus. Richtig große Herrscherdämonen kommen eher selten vor, aber gewöhnliche mindere Dämonen tummeln sich allerorten. Sie sind klassische Einzelgänger, manche der stärksten und mächtigsten verfügen aber über ein ordentliches Gefolge.

Mit wem hast du es zu tun?

Aussehen: Anders! Mach dich auf Hörnchen, Ziegenbärte, Reptilienhaut, Flügel usw. gefasst. Die Jungs sind jeder für sich ein Unikat! Aber sie sind auch ziemlich gut durchtrainiert und haben einen muskulösen Körper.

Alter: So alt, dass keiner so genau weiß, wie alt das wohl wirklich ist

Besondere Merkmale: Dämonen sind ganz schön abgefahren! Mit menschlichen Maßstäben sind sie äußerst schlecht zu fassen; sie sind absolut egozentrisch, sehr auf die eigenen Vorlieben reduziert! Und: Sie haben Feuer unterm Hintern!

Herkunft: Sie sind älter als die Menschheit und zählen zu den Elementargeistern. Manche behaupten auch, sie wären mit gefallenen Engeln gleichzusetzen. Das können wir definitiv nicht bestätigen. Mit Gott haben diese Jungs nichts am Hut – sie folgen ihren eigenen Gesetzen!

Vorlieben: Ihren Kopf durchsetzen, machen, was ihnen in den Sinn kommt; je nach Eigenart kann das ganz unterschiedlich ausfallen: Manche mögen z. B. Naturkatastrophen, andere verbreiten erotische Träume (ja so was gibt's auch – so ein Typ heißt Incubus) oder sind begeisterte und begnadete Tänzer. Lass dich überraschen!

Vorkommen: Auf der gesamten Welt, bevorzugt in der Nähe von Portalen zur magischen Parallelwelt oder in der Nähe von Höllenpforten

Was hast du zu erwarten?

Nichts ist für die Ewigkeit. Und mit einem Dämon ist es manchmal schneller aus, als du denkst.

Mit dir. Mit euch.

Mit ihm sicherlich nicht. Er liebt dich uneingeschränkt, bis er dich nicht mehr liebt. Dann ist es aus. (Und du wahrscheinlich tot.)

Hinweis am Rande

(für Anfängerinnen beim Daten von Dämonen)

Die meisten Dämonen sind uralte Geister. Gute Geschichtskenntnisse allein helfen dir hier nicht weiter. Willst du dich mit einem Dämon gediegen unterhalten, solltest du auch sicher in der Paläontologie und der griechischen, persischen und indischen Mythologie sein. Nun ja, wenn er überhaupt reden will. Wahrscheinlich will er einfach nur mit dir tanzen und knutschen.

Dämonen sind nicht bösartig, nur manchmal vergesslich. Und außerdem kommen sie aus einer anderen Zeit – und da herrschten oft andere Sitten. Mach dich darauf gefasst, dass Frauen damals nicht immer zuvorkommend und gleichberechtigt behandelt wurden. Vielleicht musst du deinem neuen Freund in diesen Fragen ein wenig Nachhilfe geben. Aber sei nachsichtig und fang damit nicht schon beim ersten Date an – es könnte abtörnend wirken, und dann hast du bei dem Dämon deines Herzens keine Chance!

Wie überall ist also auch hier Fingerspitzengefühl, Cleverness und eine gute Portion Mut zum Risiko gefragt.

Der erste Kontakt
(und was du unbedingt vorher wissen solltest)

Wie bei allen männlichen Wesen ist es auch bei Dämonen wichtig, dass du dich mit dem »richtigen« Typ einlässt. Überleg dir das vorher. Nach dem dritten Date anzukommen und zu jammern »Oh, sorry, kann ich nicht lieber mit deinem kleinen Bruder ausgehen?«, wird dir nur Ärger bringen.

Was für Dämonentypen gibt es?

Die Hackordnung unter Dämonen kann ganz schön undurchsichtig sein. Damit du einen richtig süßen Typ abbekommst und nicht einen von seinen uncoolen Freunden, haben wir unzählige alte Zeitschriften durchstöbert und ein paar Fakten zusammengetragen.

Hier ein Auszug, mit welchen wichtigen und mächtigen Dämonen du u. a. rechnen kannst:

❤ **Satan** – auch »der Höllenfürst« oder schlicht »Teufel« genannt. Ein ganz schön heißer Typ! Führt jeden und jede in Versuchung – aber nicht aus Interesse an der Person, sondern um dem Erzrivalen Gott ein Schnippchen zu schlagen! Keine gute Wahl! Es sei denn, heißer Sex ist alles, was du willst!

❤ **Beelzebub** – auch nicht besser als **Satan,** aber falls du dich aus Versehen mit Satan einlässt, hast du zumindest die Chance, ihn »mit dem Beelzebub auszutreiben«.

❤ **Incubus** – der Meister der Verführung. Er ist meistens nachts unterwegs und beglückt Frauen mit sehr heißen Träumen. Aber Achtung, er macht das nicht aus Nettigkeit. Nein, er findet dich zwar attraktiv, hat aber anderes im Sinn: Er will dir nach und nach deine Lebensenergie aussaugen!

♥ **Elementardämonen** – Die Dämonen der Elemente sind auch sehr mächtig. Ein **Winddämon** zum Beispiel liebt Tornados, Twister und Hurrikans, ein **Erddämon** fühlt sich bei Erdbeben und Vulkanausbrüchen blendend, schließlich hat er seine Hände mit im Spiel! Sie sind für jeden Spaß zu haben (auch wenn sie es manchmal übertreiben) – mit ihnen wird dir sicherlich nie langweilig!

Übrigens: Zu Dämonen müssen wir dir keine Orte empfehlen, denn sie sind überall anzutreffen. Wie gesagt, es gibt eine ganze Menge von ihnen. Sie lieben die Nähe zu Menschen, weshalb gerade pulsierende Großstädte ihre bevorzugte Bleibe sind, – und dort treiben sie sich besonders gerne in dunklen Gassen an regnerisch trüben Tagen oder in den übelsten Clubs und Bars herum. Eine Alternative stellen sogenannte Höllenpforten dar: Sie gibt es vor allem dort, wo Erdplatten aufeinandertreffen oder es aus anderen Gründen zu vulkanischen Aktivitäten kommt.

Welcher Dämon ist der richtige?

Da können wir dir keinen Rat geben – denn wir kennen dich nicht! Wenn du auf Action stehst, kann ein Elementardämon gut zu dir passen. Ein niedlicher Rachedämon ist schwierig zu handhaben, aber vielleicht reizt dich gerade die Herausforderung? Falls du gerne ohne Ende tanzt, passt sicher ein Tanzdämon … bei Dämonen hast du die große Auswahl. Der Richtige ist aber nur dabei, wenn du Abenteuern nicht abgeneigt bist!

Du brauchst Hilfe beim Einordnen eines Dämons?

Habe ich einen Herrscherdämon kennengelernt? Wenn du dir diese Frage stellst, wohl eher nicht! Wer einen Herrscherdämon nicht erkennt, ist blind, taub und noch dazu aller anderen Sinne und menschlicher Instinkte beraubt. Ein Herrscherdämon ist so intensiv und hat solch eine Ausstrahlung, dass er automatisch den Raum beherrscht, sobald er ihn betritt. Klar, wenn er nicht will, dann kann er seine Stärke auch locker verbergen. Aber die Mühe macht er sich in der Regel nicht.

Die mittlere Riege der Dämonen ist längst nicht so intensiv, aber auch nicht zu unterschätzen! Sie haben die Macht über Elemente, geben sich nicht mit Lappalien ab und rocken das Haus. Einfache Dämonen sind dagegen oft nicht ganz so helle. Auf Rumgezicke und deine Wünsche reagiert ein einfacher Dämon unterwürfig. Es gibt aber auch ganz reizende unter ihnen – zum Beispiel jene, die für die Unbillen des täglichen Lebens zuständig sind. Sie haben eine gute Portion Humor, die sie auch brauchen beim immer wieder kreativen Verstecken von Socken oder Anrempeln von Menschen.

Das solltest du wissen

Die meisten Dämonen haben einen ausgesprochenen Beschützerinstinkt, nicht nur was den Ort, an dem sie leben, angeht, sondern auch, was ihre Familie, ihre Freunde und ihre Geliebte betrifft. Wenngleich es traurige Wahrheit ist, die hier nicht verschwiegen werden soll, dass die meisten Dämonen längst weder Familie noch Freunde haben … Hat sich ein Dämon also einmal für dich entschieden, ist er für dich da – immer. Und bei Unsterblichen kann das ganz schön lange sein. Wenn du ihn nicht nervst, seine abgefahrenen Ideen mitträgst oder selbst Unglaubliches ausheckst, mit ihm die Nacht durchtanzt und über die Stränge schlägst, dann kann alles gut enden für dich und deinen Lover – ob das für andere gilt, steht auf einem anderen Blatt.

Hinweise für den Umgang mit Dämonen

Dämonen lieben es, mit anderen Schabernack zu treiben. Allerdings haben sie einen etwas anderen Sinn für Humor als wir Menschen, und sie wissen auch nicht immer, wann es besser ist, aufzuhören. Was zu viel ist, ist zu viel! Jetzt liegt es an dir. Du musst deinem Liebsten klare Signale senden: »Stopp!«, »Aufhören!« Es könnte sonst tödlich enden – nicht nur für dich, sondern auch für andere.

Immortal Tipp

Schließe eine Rechtschutzversicherung ab. Beim Daten mit Dämonen kannst du nie so genau wissen, für was du zur Rechenschaft gezogen werden könntest. Falls du dir das nicht leisten kannst: Finger weg von diesen extravaganten Kerlen!

Oder noch besser: Flirte mit dem Jurastudenten von nebenan, damit du dir seiner Hilfe sicher sein kannst, wenn es hart auf hart kommt und du wegen Sachbeschädigung in großem Ausmaß dran sein solltest!

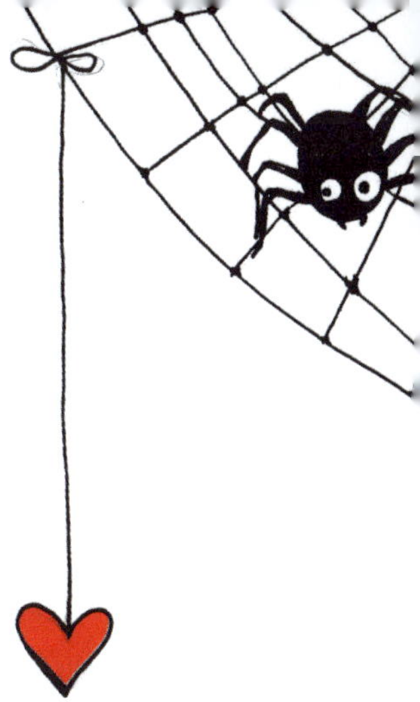

Styling-Tipp

Das fragst du noch? Hey, du willst einen Dämon daten, also komm jetzt nicht mit der »Ich-hab-nix-anzuziehen«-Nummer!

Und darauf stehen die Jungs: Ein langer Mantel, der deine Bewegungen fließend unterstreicht. Die heißen Lederstiefel bis übers Knie. Die Korsage … Aber Achtung! Nichts davon ist wirklich cool, wenn du dich nicht damit wohlfühlst!

Wenn dir das allerdings liegt, dann ist dein Dämon mit absoluter Sicherheit hin und weg …

Wohin beim ersten Date?

Na, sicher nicht in die Eisdiele nebenan! Besser sind Nachtclubs (bist du überhaupt schon volljährig?), Bars mit zweifelhaftem Ruf (da muss man nicht so viel reden und wird vollgedröhnt mit Bässen) oder ausgedehnte Motorradtouren (Geschwindigkeitsbegrenzungen kennt der Junge übrigens auch nicht!).

Du bist nervös, hast Herzklopfen und bringst keine vollständigen Sätze zustande? Macht nichts, das stört deinen Dämon nicht im Mindesten. Er steht eh nicht auf intensive und tiefschürfende Gespräche. Bei ihm geht es eher schnell zur Sache. Und mit Aufregung kannst du auf jeden Fall rechnen – spätestens, wenn deine Eltern rausbekommen, wo du dich nachts rumtreibst!

So ist es gewesen!

Also das mit Maja war 'ne ganz klare Sache. Ich hatte sie einfach satt. Ihr Genörgel – ppf. »Kannst du nicht auch mal was im Haushalt machen?« Und dann diese nervige Stimme. Nicht mit mir. Außerdem war sie 'ne Spaßbremse ohnegleichen. »Ah, Hilfe! Der Vulkan bricht aus!«, schrie die ständig, ohne Rücksicht auf zarte Dämonenohren. Nix von wegen Spaß, Null! Dabei hab ich das Spektakel doch echt nur für sie veranstaltet. Aber so was blickt die nicht, die Zicke. Nee, nie wieder. Hab sie Odionus mitgeschickt, um auf 'nem Tornado zu reiten. Hoffe, sie kommt nicht wieder!

Tja, und jetzt treff ich mich mit Mia, die ist verdammt cool drauf. Wir gehen tanzen und lassen keine Party aus. Und falls es mal keine gibt, die wir sprengen können, lassen wir halt selbst eine steigen! Mia ist klasse – sie stellt keine Fragen und zieht einfach mit! Ob ich heute Abend mal wieder einen Vulkan anstupse? Das wird ihr garantiert gefallen! Und danach ziehen wir um den Block und lassen es krachen!

Darius, Dämon, Alter unbekannt

Tipps für ein erfolgreiches Liebesleben

- Nenn ihn bloß nicht »süß« oder »knuffig«. Für Babys oder Tierwelpen mag das gerade noch angehen, für einen Dämon nicht.
- Nenn ihn nicht »Alter«. Er kennt mit Sicherheit jemanden, der noch mal 500 Jährchen auf seine 2.000 draufpacken kann!
- Was immer passieren sollte: Nenn ihn unter keinen Umständen »schön«! Damit kann er nichts anfangen, und er fragt sich, ob du überhaupt verstehst, wen du vor dir hast!
- Lerne tanzen! Damit punktest du unglaublich. Fang gleich mit dem Üben an. Flicflacs kommen auch gut. Er mag es, wenn du genauso fit bist wie er.
- Nur weil er älter ist und mehr erlebt hat, heißt das noch lange nicht, dass er reifer ist als die süßen Typen aus deiner Klasse, oder du ihn besser verstehst! Ein Dämon ist auch von einem anderen Planeten, sprichwörtlich. Da unterscheidet er sich nicht von anderen Jungs!

Das muss ich jetzt echt mal erzählen!

Da ist also dieser Typ … Wir haben uns zufällig in London getroffen, als ich über Silvester meine Brieffreundin besuchen war. Haben ganze Nächte in den hippsten Clubs durchgetanzt. Er sieht total gut aus und hat diesen irre intensiven Blick, wie Flammen … Beim Tanzen hab ich ihn dann einfach geküsst. Er war total beeindruckt von meiner direkten Art. Klar, dass Sex irgendwann auch ein Thema war. Es war Spaß pur. Ich wusste, dass er einiges hinter sich hatte und sein Leben kein Ponyhof war, aber die Chemie zwischen uns hat gestimmt. Nach ein paar Wochen hab ich ihm dann eine E-Mail geschickt und – null, niente. Keine Reaktion. Ich hab ihm gesagt, dass ich ihn mag. Dass ich gerne weiterhin mit ihm befreundet wäre, egal, was wäre. Wieder zwei Wochen Sendepause, und dann taucht er doch glatt bei Facebook auf und chattet mit mir, als ob nichts wäre. Sagt dann, er müsste noch darüber nachdenken, was ich gesagt habe und würde sich dann wieder melden. Nur tut er es einfach nicht. Nach all dem Spaß, den wir hatten, taucht nur ein »vergeben« bei Facebook auf. Auch eine Art, mir mitzuteilen, dass er definitiv nicht wirklich auf mich steht! Zumindest nicht nur auf mich … Seufz, dabei hätte ich doch gerne einen Typ, der meine Träume von einem aufregenden Leben teilt …

Simone R., 19 Jahre

Mach den Kurztest: Dämon oder Macho?

Dein Lover ist ziemlich machohaft? Von Emanzipation hat er noch nie was gehört und wenn er nicht deiner Meinung ist, stellt er seine Ohren einfach auf Durchzug? Vorsicht: Vielleicht hast du gar keinen Dämon erwischt, sondern plagst dich mit einem blöden Macho mit Pascha-Allüren rum? Finde es heraus …

Kochen, Waschen, Bügeln, Putzen, Aufräumen?

a) Ist ihm herzlich Wurst, ob du das tust!

b) Er sagt dir mehr als einmal, dass das deine Aufgaben sein werden – in alle Ewigkeit!

Andere Jungs schauen nach dir!

a) Findet er cool! Aber du gehörst zu ihm!

b) Findet er komplett daneben und das lässt er dich spüren!

Rausgehen, was unternehmen, loslegen?

a) Findet er klasse! Egal wo, egal wie, hauptsache, es ist was los!

b) Findet er klasse, so lange du zu Hause bleibst und auf ihn wartest!

Auswertung

Du hast mehrfach a angekreuzt?

Prima, das Ergebnis spricht tatsächlich dafür, dass du einen Dämon an der Angel hast.

Du hast mehrfach b angekreuzt?

Das müssen wir dir gar nicht erklären, oder? Du hast keinen Dämon erwischt, sondern ein armes Würstchen, das sich dir gegenüber voll daneben benimmt – Finger weg!

Frage von Melanie R. aus W. an unser Expertenteam

Wie kann ich am besten ein Foto von meinem Freund machen? Er verbietet mir immer, das Blitzlicht einzusetzen – aber da ich ihn nur in der Dunkelheit sehe, werden die Bilder nie scharf, und man erkennt eigentlich gar nichts.

Antwort:
Liebe Melanie, leider müssen wir dich enttäuschen: Ein Foto von deinem Freund zu knipsen, wird dir leider nicht gelingen. Ähnlich wie Geister und andere ätherische Wesen sind Dämonen nicht fotografierbar. Seine schnell wandernden Moleküle erlauben keine Lichtbrechung in fotomechanischer Reproduktion. Wenn dein Freund dich sehr liebt, wird er dir vielleicht erlauben, seinen Schlafplatz, seine Lieblingsmoderhöhle oder seinen Kuschelstein zu fotografieren – ihn selbst wirst du jedoch nie aufs Bild kriegen.

Auch Geister, wenn wir schon einmal beim Thema sind, lassen sich nur äußerst schwer fotografieren. Selbst mit einer digitalen Spiegelreflexkamera ist von ihnen kaum mehr als ein verschwommener Fleck zu erkennen.

Wie kommt man aus der Nummer mit dem Dämon wieder raus?

Schwer. Wir wollen ganz ehrlich sein, wenn dein Dämon noch an dir hängt, du dein Herz aber schon anderweitig verschenkt hast, dann wird es echt schwer, den Typ wieder loszuwerden. Diese unsterblichen Lover sind anhänglich, besitzergreifend, eifersüchtig, rechthaberisch und machohaft. Und wahrscheinlich ist das noch nicht einmal alles. Aber du kennst deinen Fast-Ex besser, schließlich warst du mit ihm zusammen.

Du kannst Folgendes ausprobieren, um mit deinem Dämon schlusszumachen:

- Ihm die Wahrheit sagen – empfiehlt sich nur, wenn dein neuer Schwarm auch ein Immortal ist, z. B. ein kräftiger Werwolf. Sonst könnte es böse enden.

- Mit ihm gar nicht mehr reden. Wahrscheinlich wird er das dann für euch beide übernehmen und dich mit stundenlangen Monologen tyrannisieren.

- Keine Zeit mehr haben. Rechne aber damit, dass er bei allen deinen Aktivitäten aufkreuzen wird. Unterlass also besser potenziell gefährliche Unternehmungen wie Klettern, Segeln oder Gartenarbeit, um »zufällige« Unfälle zu vermeiden.

Ihn langweilen. Er ist sprunghaft, ihn hält es kaum auf dem Stuhl. Wenn du zur Couch-Potato mutierst, hast du gute Chancen, ihn so anzuöden, dass er selbst die Lust an dir verliert. Dann musst du nur aufpassen, dass er nicht über die Stränge schlägt und dich ausradiert, da er ja auch nicht möchte, dass du für irgendeinen anderen infrage kommst!

Fazit: Wahrscheinlich hilft nur das gute alte Diamantschwert, um einen Dämon loszuwerden. Das bekommst du bei jedem seriösen Exorzisten gegen eine kleine Leihgebühr. Die Klinge eines solchen Schwertes ist mit Diamantstaub versetzt, damit sie auch wirklich richtig scharf ist.

Ein Hieb, ein Schlag – und mit deinem Ex-Lover ist es vorbei.

Allerdings sollte er auf keinen Fall etwas von deinen Absichten ahnen – sonst bist du die, mit der es vorbei ist. Denn dieser Typ ist stärker als du.

Der Zombie

»Hirn, Hirn«, hallt es dumpf durch die Gasse. Und dann biegt eine Meute unansehnlicher, zerlumpter, nicht gerade wohlriechender Wesen um die Ecke, schleichend langsam, aber unbeirrt. So war das zumindest früher, als Zombies noch durch Rituale und Voodoo-Zauber wiedererweckte Untote waren. Am Anfang folgten sie noch ihrem Schöpfer, meist gerieten sie aber außer Kontrolle, je mehr Anhänger sie zu ihrer Armee dazugewinnen konnten.

Die neue Generation von Zombies dagegen ist ein ganz anderes Kaliber! Sie sind nicht länger ohne jegliches Bewusstsein. Lecker sehen sie zwar immer noch nicht wirklich aus, dafür können sie aber eigenständig handeln – und durch echte Gefühle sogar wieder zu Menschen werden. Ob es sich dabei um eine Mutation oder grundsätzlich um eine eigene Spezies handelt, ist unklar. Bekannt ist allerdings, dass es sich um ein Virus handelt, der Menschen in Zombies verwandelt. Dieses Virus hat bereits Mutationen hervorgerufen, sodass es Infizierte gibt, die sterben, solche, die zu mordenden Bestien werden, und solche, die zwar zu Zombies werden, aber im Kern ihre Menschlichkeit bewahren. Sei auf der Hut, dass du wirklich nur Letztere datest! Mit allen anderen wirst du nicht glücklich!

Mit wem hast du es zu tun?

Aussehen: Ganz schön gebeutelt, meist blutverschmiert (lässt sich aber abwaschen!), in diversen Verwesungsstadien, stierer Blick, glasige Augäpfel
Neue Generation: Der irre Blick reicht, um dich in die Flucht zu schlagen. Sie sehen zwar deutlich weniger zerlumpt, manchmal sogar verdammt gut aus, sind dafür aber gefährliche Jungs.

Alter: Das Alter entspricht dem Todesalter, der Verwesungsgrad dagegen entspricht der Zeit, die sie unter der Erde verbracht haben.

Besondere Merkmale: Alte Generation: langsam, meist fremdgesteuert, gefährlich
Neue Generation: schnell, gefährlich, krank

Herkunft: Alte Generation: Gräber, Totenlager, Kultstätten
Neue Generation: wo die Infektion gerade wütet, eine solche Epidemie kann sich rasend schnell ausbreiten

Vorlieben: Hirn als Leibspeise, dicht gefolgt von Fleisch; dumpf durch die Gegend schleichen, vor sich hinmurmeln und in Riesengruppen durch Städte ziehen, kriechen
Neue Generation: nicht Infizierte anfallen, anspringen, zerfleischen

Vorkommen: Inzwischen weltweit, ursprünglich Haiti

Was hast du zu erwarten?

Um unter Zombies ein echtes Knaller-Exemplar – nicht allzu abstoßend und etwas schneller als die durchschnittliche Zombie-Schnecke – abzubekommen, braucht es Geduld – und tatsächlich Köpfchen, das man aber nicht zum Verzehr anbieten sollte! Die meisten Jungs stehen nicht auf deinen Intellekt, sondern auf dein Hirn. Und nur ganz wenige wollen das nicht verspachteln, sondern sehnen sich nach Liebe, deiner Liebe. Diese allein kann sie wieder aus ihrem Untoten-Dasein zurückholen, sodass ein normales Leben möglich ist. Nur bei diesen romantischen Zombies hast du reelle Chancen zu überleben und außerdem eine erfüllte Beziehung zu führen. Das Tolle daran: Je länger ihr zusammen seid, umso normaler sieht der Junge auch wieder aus. Mit eurer Liebe könnt ihr hier tatsächlich Berge versetzen und ihn quasi wiederbeleben – was für ein erhebendes Gefühl! Wir wünschen dir viel Glück!

Wo kannst du den Zombie deiner Wahl finden?

Am schnellsten kannst du dich im Internet über aktuelle Hotspots informieren. Hier wird regelmäßig über neueste Entwicklungen berichtet, du findest jede Menge Tipps für den Fall der Fälle (»Wie überlebe ich die Zombiecalypse!«) und erfährst sehr rasch, ob und wo genau Zombies gesichtet wurden. Also, ab an den Rechner!

Zombie Crawls, wie es sie zum Beispiel in London gibt, bieten eher keine Gelegenheiten, die echten Untoten oder Infizierten aufzugabeln. Hier findest du aber sicher Gleichgesinnte und kannst dich mit ihnen austauschen. Auch nicht das Schlechteste!

Ebenfalls nicht so geeignet für einen Kuschel-Zombie: Haiti – hier sind die Zombies vom alten Schlag noch gegenwärtig! Finger weg von diesen Jungs. Sie sind gewalttätig, würgen und drücken dich zu Tode.

Wie kommt man mit einem Herzensbrecher-Zombie ins Gespräch?

Seien wir ehrlich, eine ganz normale Anmache à la »Hast du Lust auf ein Eis?« mag bei einem Werwolfwelpen ziehen, bei einem Zombie hast du so keine Chance. Aber wahrscheinlich bist du auch gar nicht der Typ für solche Softie-Sprüche, schließlich stehst du auf die Extravaganten unter den Außergewöhnlichen.

So könntest du mit ihm ins Gespräch kommen:
Ein gemurmeltes: »Sollen wir nicht mal zusammen nach neuen Klamotten gucken?«, ein herausgedrücktes: »Ich kenn da eine gute Kosmetikerin!«, ein zartes: »Sag mal, kennen wir uns oder kommt mir nur dein halbes Gesicht bekannt vor?«, ein undeutliches: »Mmmh, also du gefällst mir – lass uns um den Block ziehen«, ein gehauchtes: »Ich liebe Innereien!« – all diese Sätze wirken Wunder! Und dir fällt sicher noch mehr ein! Die Jungs sind nicht sonderlich verwöhnt, daher punktest du allein dadurch, dass du überhaupt mit ihnen sprichst!

Wohin beim ersten Date?

Bei deinem Traum-Zombie musst du überhaupt nicht kreativ sein! Ihm ist so ziemlich egal, wo ihr zusammen seid. Gemütlich auf deinem Bett liegen und langsam näher rutschen, spricht ihn aber eher an, als aufregende Ausflüge oder ein Café-Besuch. Mit ihm kannst du auch Fernsehabende planen, richtig lange Horrorfilmnächte – und wenn's besonders gruselig wird, kommt ihr euch noch näher!

Wenn du geduldig bist und ihn immer ausreden lässt (es kann am Anfang eurer Beziehung noch etwas länger dauern, bis er seinen Satz zu Ende gebracht hat), könnt ihr euch prima über den letzten Streifen austauschen.

Deine Chancen auf eine dauerhafte Beziehung

Wenn du in einem Zombie die Liebe deines Lebens gefunden hast und er diese Liebe spürt, dann kann sie ihre Wirkung entfalten. Du hast beste Chancen, den Unsterblichen fürs Leben gefunden zu haben.

Zombies sind zwar nicht die schnellsten, aber das heißt noch lange nicht, dass keine schlauen Kerlchen dabei sind. Sie sind nicht nur stark und verlässlich, sondern werden außerdem immer hübscher statt im Alter abzubauen. Die schnelle Nummer allerdings kann man abhaken – ihnen muss man Zeit zum Auftauen geben.

Achtung!

Wenn ein Zombie dir den Vortritt lässt, sei auf der Hut. Diese Jungs sollte man nie aus den Augen lassen.

Völlig falsche Vorstellung!

Vorsicht! Sich durch die gezielte Vergiftung oder ein ausgeklügeltes Voodoo-Ritual mit Priesterin einen eigenen Zombie zu schaffen, ist nicht von Erfolg gekrönt: Dein Zombie interessiert sich dann weder für dich noch für deine Persönlichkeit. Er ist dann willenlos und so was von langweilig und hässlich, dass du ihn gar nicht sehen magst.

Ich sah sie …

Ich frage mich oft, ob ich überhaupt wach bin oder nicht alles nur träume. Das alles ist so unwirklich, so verschwommen. Was war nur mit mir? Wie war es so weit gekommen, und warum um alles in der Welt hatte ich es nicht kommen sehen? Der Tag, an dem ich ihr begegnete, war nass und grau. Aber er hat sich unauslöschlich eingebrannt in mein Gedächtnis. Und sie, sie hat mein Leben verändert – für immer!

Sie hat mich gerettet! Ich dachte, ich würde nie wieder die Liebe fühlen. Nein, ich dachte gar nichts. Denn ich konnte gar nicht … alles war taub, nur der vage Drang nach Blut, nach Menschen trieb mich voran. Bis ich sie traf. Eigentlich war es lustig, denn sie knallte mir eine: Ich solle sie nicht so blöd angaffen, hat sie gemeint. Nun, angaffen kann man das nicht mehr nennen – ich bewundere sie, sie hat aus mir einen Menschen gemacht … einen Mann …

Zargusinus, Zombie

Wie wirst du den Kerl wieder los?

Er ist doch nicht so schnuckelig, wie du dachtest? Zum Glück wirst du ihn schneller los als andere Unsterbliche. Du schleichst dich aus seinem Leben! Wenn du einfach nicht mehr da bist, wird er dich irgendwann vergessen. Er ist nicht so clever, dass er dich verfolgen wird.

Abraten müssen wir allerdings von einem Schlussmachen von Angesicht zu Angesicht: Er wird dir nach der nicht ganz so frohen Botschaft unter verhangenen Lidern in die Augen schauen und spontan entscheiden, dass er doch lieber dein Hirn verspeisen möchte …

Dein Zombie hat dich hängen lassen?

Der Werwolf ist sowieso hübscher … und wenn dir das Aussehen egal ist: Der Zwerg ist auch noch eine Option.

Der Zwerg

Zwerge sind klein gewachsene, meist eigenbrödlerische Gesellen. Sie lieben alles, was bodenständig und erdverhaftet ist. Im Grunde ihres Herzens sind sie leidenschaftliche Handwerker und kleine Nerds: Basteln, werkeln, Schätze vergraben, das alles kannst du mit ihnen.

Wenn du das Glitzern des Goldes faszinierend findest und solides Schmiedehandwerk schätzt, dann hast du den Richtigen vor dir. Allerdings ist seine romantische Ader nicht sonderlich ausgeprägt. Dafür widmet er sich liebend gern und mit Hingabe deinem Garten und bringt ihn in Ordnung. Er hat einfach einen grünen Daumen und einen Sinn für blühende Pflanzenpracht. Reden dagegen liegt ihm nicht. Lieber schmiedet er mit viel Detailfreude an einer Waffe für dich oder schleift an einem juwelenbesetzten Diadem: Du wirst begeistert sein über die aufopferungsvolle Arbeit, die nur dir und den ausgesuchten Materialien gilt!

Mit wem hast du es zu tun?

Aussehen: Ganz so groß wie ausgewachsene Menschenmänner sind sie zwar nicht, aber mit durchschnittlich 1,50 m bis 1,60 m Körpergröße sind sie auch nicht so klein, dass das nichts werden könnte! Zugegeben, sie sind zerzaust, eher ungepflegt, besonders was den wuchernden Bartwuchs angeht, aber das kann man auch nicht anders erwarten, denn die Jungs schuften handfest!

Alter: Eine gute Nachricht: Dein Zwerg ist wahrscheinlich jünger als er aussieht, jünger als er sich benimmt und jünger als es sein permanentes Brummeln vermuten lässt; im Durchschnitt ist ein erwachsener Zwerg etwa 180 Jahre alt und er hat dann noch eine ordentliche Spanne vor sich.

Besondere Merkmale: Klein, schroff, zuverlässig, maulfaul, ein genialer Handwerker

Herkunft: Woher die Zwerge kommen, verraten sie nicht. Es ist ihnen nämlich ein bisschen peinlich, dass sie von Riesen abstammen sollen! Aber sie leben meist in großen Gebirgen.

Vorlieben: Schätze aller Art, das Schmieden von wundervollen Waffen, Kämpfen, Meckern

Vorkommen: In allen großen Gebirgsmassiven unserer Welt! Und in ihren eigenen Gärten.

Was hast du zu erwarten?

Zwerge eignen sich wohl eher als beste Freunde, aber versuch's ruhig: Bagger sie an, flirte mit ihnen, mach mit ihnen rum. Du wirst schon sehen, wie weit du kommst … Aber wir müssen dich warnen: Wundere dich nicht, wenn die meisten von ihnen irritiert reagieren. Diese Jungs sind es nicht gewohnt, von Mädchen umworben zu werden und cool darauf zu reagieren. Sie werden eventuell rot, sind peinlich berührt. Und das versuchen sie dann mit möglichst brummigem, kindischem Verhalten zu überspielen. Sie sind nämlich ganz schön eigen; sie verfügen über außergewöhnliche Kräfte, sind erdverbunden, schlau, ja manchmal sogar verschmitzt, und auf jeden Fall mit ein paar handfesten Marotten ausgestattet.

Wenn du lange genug mit einem Zwerg zusammen bist, wird er vielleicht sogar bereit sein, seine poetische Ader mit dir zu teilen. Dann wirst du in den Genuss von stundenlangen Rezitationen von Balladen und Heldengedichten seines Volkes kommen!

Bis dahin: Nicht durch sein barsches Auftreten verdrießen lassen!

Die besten Orte, um einen Zwerg zu treffen

Natürlich, im Garten. Sie lieben ihr grünes Heim. Aber manchmal trifft man einen reisenden Zwerg auch unterwegs, z. B. in Höhlen, Schluchten, tiefen Täler oder auf dem Flughafen (man kann ja nicht überall zu Fuß hingehen). Halte die Augen offen.

Wie kommt man mit einem Zwerg ins Gespräch?

Wir schlagen vor, dass du es dir zunächst einmal in Bodennähe bequem machst. Lege eine Decke hin, breite das Picknick aus, schaff eine entspannte Atmosphäre. Du solltest dabei nicht zu aufdringlich wirken, wichtig ist, dass du locker bleibst. Lächle ihn an. Wenn er bis jetzt noch nicht weggerannt ist, beginne ein Gespräch. Jeder Small-Talk-Ratgeber erklärt dir, wie man mit Unbekannten ins Gespräch kommt. Die Regeln gelten auch hier. Zur Erinnerung wiederholen wir noch einmal die wichtigste: Beginne mit einem Statement, schließe eine Frage an. Das gibt dem anderen die Möglichkeit, zu reagieren.

Du könntest also sagen: »Ich mag diese Gegend. Ist toll. Bist du öfter hier?«

Oder: »Den Käsekuchen hat meine Mutter gebacken. Sie versucht seit drei Jahren, ihn richtig hinzukriegen. Willst du mal probieren?«

Das richtige Outfit

Trekkingboots und eine intakte Outdoorausrüstung sind dringend anzuraten, wenn du dich mit diesem Typen treffen willst. Schönheit steht hier an zweiter Stelle – wasserfeste Klamotten sind einfach wichtiger!

Ein großer Rucksack ist übrigens auch nicht schlecht. Schließlich hat dein neuer Freund viel kürzere Beine und wird deshalb vermutlich schneller erschöpft sein als du. Wenn euer Ziel dann noch weit weg ist, könntest du ihn diskret auf den freien Platz in deinem Rucksack hinweisen und ihn den Rest der Strecke einfach tragen.

Aber sei gewarnt! Erschöpfung vorzutäuschen wird unter solchen Umständen bei Zwergen leicht zur Gewohnheit!

3 Dinge, die mit einem Zwerg richtig Spaß machen

- Du bist pleite und brauchst dringend Kohle? Frag deinen Schwarm. Zwerge wissen immer, wo ein Schatz vergraben ist. Ihren eigenen werden sie nicht rausrücken, aber wenn du Glück hast, kriegst du ein paar Tipps, wo die Goldreserven der anderen liegen.

- Euer Garten sieht aus wie ein Dschungel und du bist dran mit der Gartenarbeit? Lass dir von deinem Schwarm helfen. Und danach kann er sich mit roten Hosen mitten auf der Wiese in Pose stellen. (Schau bei den Nachbarn, dort stehen die Keramikzwerge.) Dein Vater und die Nachbarn werden Augen machen – vor allem, wenn dein Zwerg sich ein klein wenig bewegt! Oder gar wieder verschwindet.

- Mithilfe deines cleveren, kleinen Freundes, deiner Lieblingsrivalin beim Handball oder deinem Ex-Vampirfreund einen Streich spielen. Du bist es ja nicht gewesen!

3 Dinge, die du einem Zwerg nie vorschlagen solltest

- dir zu helfen, deine Wertsachen zu verbuddeln und dabei ernsthaft zu glauben, du könntest sie jemals wiederfinden

- mit dir tanzen zu gehen

- dir zu helfen, den neuen IKEA-Schrank aufzubauen

Worauf musst du bei einem Zwerg noch achten?

Über Sex brauchen wir hier wohl nicht zu reden. Schließlich hast du dich für diesen Immortal entschieden, weil dir innere Werte wichtiger als äußere sind.

Falls du das Daten von Zwergen trotzdem versuchen willst, hier ein paar der wichtigsten »Zwergenregeln«:

- Nie direkt in die Augen sehen! (Du müsstest dich ja auch hinhocken dafür.)
- Immer lächeln, auch wenn du den Witz nicht verstanden hast. (Wobei es hilft, wenn du mit der Zeit ihren Humor teilst.)
- Nie über den Kopf streichen und nie versuchen, deinem kleinen Lover die Mütze vom Kopf zu zupfen. (Barhäuptig dazustehen wird bei den meisten Zwergen zum sofortigen Ende eurer wie auch immer gearteten Freundschaft führen.)
- Auch wenn es weithin unbekannt ist, Zwerge lieben es, zu reisen! Nimm deinen kompakten Immortal also mit. Die meisten von ihnen passen sogar ins Handgepäck!

Geheimtipp Nr. 1 für den Umgang mit Zwergen

Zwerge sind Morgenmuffel!
Von frühmorgendlichen Joggern stammt vermutlich das Vorurteil, dass Zwerge schlechtlaunige, grimmige Gesellen seien. Das stimmt nicht!

Sie mögen nur keine Typen, die vor Sonnenaufgang und vor dem ersten Wurstbrot Hektik verbreiten. Zwerge lieben es, ihren Tag langsam zu beginnen. Lass deinem Freund seine Zeit, tauch nie zu früh bei ihm auf und überrasch ihn nie! Wenn ihr nichts ausgemacht habt und du aber trotzdem das dringende Bedürfnis hast, ihn zu sehen, dann hinterlass ihm an eurem Geheimversteck eine kurze Nachricht. Er wird dir dann schon zu verstehen geben, wann er bereit ist, dich zu treffen.

Geheimtipp Nr. 2 für den Umgang mit Zwergen

Verwöhne deinen Zwerg ab und an mit guter Schokolade. Darauf steht er!
Das erklärt im Übrigen auch, warum man Ostern meist nicht alle im Garten versteckten Osternester findet. Ein Zwerg hat zugegriffen!

Das Zusammenleben wäre auf beiden Seiten in vielen Belangen erheblich einfacher, wenn die Menschen ihren Freunden im Garten einfach ab und an eine gute Tafel Schokolade unter die Blumen legen würden.

Nutze dieses Insiderwissen – und überrasche deinen Zwerg immer mal wieder mit einer Tüte leckerer Süßigkeiten. Er wird es zu schätzen wissen.

Geheimtipp Nr. 3 für den Umgang mit Zwergen

Auch wenn du deinen Zwerg besser nicht nach seinem Alter fragen solltest (er ist mit Sicherheit nicht so alt, wie er aussieht), seinen Geburtstag verrät er dir sicher gerne!

Zwerge feiern nämlich gerne Geburtstag! (Manche auch zweimal im Jahr!)
Übrigens: Ein kleiner Edelstein, zum Beispiel ein selbst gefundener Rohdiamant, kommt bei Zwergen immer gut als Geschenk an. In glitzernden Schmuckstücken hingegen finden Zwerge Edelsteine kitschig.

Seid ihr befreundet – oder ist es mehr?

Du willst wissen, wie es mit deinem Zwergen-Liebsten steht? Dann mach den folgenden Test! Die Auswertung verrät dir, wie es um euch bestellt ist.

1. Du weißt, was du am nächsten Wochenende machst?

a. Ja, es ist Zeit, die Hecke zu beschneiden und Osterglocken auszugraben.

b. Du willst deinen Freund, den Zwerg, mit einem Ausflug in die Kakteensammlung des botanischen Gartens überraschen.

c. Du gehst mit deinen menschlichen Freunden tanzen.

2. Dein Freund, der Zwerg, hat Schnupfen.

a. Du gräbst den gerade gepflanzten Ginseng wieder aus und kochst ihm einen Tee. Frischer Ginseng wirkt am besten.

b. Du kaufst eine Handvoll Medikamente in der Apotheke.

c. Können Zwerge überhaupt krank werden? Ich dachte, das sind so robuste Geschöpfe …

3. Weißt du noch, an welchem Tag du ihn kennengelernt hast?

a. Oh, das ist schon so lange her … das war irgendwann im letzten Sommer.

b. Genau weiß ich es nicht mehr, aber der Flieder hatte gerade angefangen zu blühen.

c. Es war am 20. Juli. Die letzten drei Jahre waren wir an dem Tag immer picknicken.

4. Es wird Herbst, und der Garten soll winterfest gemacht werden: Rosen schneiden, Laub harken, Bäume ausdünnen. Was tust du?

a. Ich? Gar nichts! Der Zwerg kümmert sich doch darum.

b. Ich freu mich schon darauf. Mein Zwerg will mir zeigen, wie das Rosenverschneiden geht – mir ist das nämlich noch nie gelungen.

c. Laub harken ist mein Job; ich bin größer. Um das Verschneiden der Pflanzen kümmert sich mein Freund, der Zwerg. Er hat davon einfach mehr Ahnung.

5. Deine beste Freundin hat Geburtstag. Was tust du?

a. Geschenk kaufen. Hingehen. Mit ihr feiern. Was sonst?

b. Ich erfinde eine Ausrede. Mein Zwerg fühlt sich unter so vielen Menschen nicht wohl, und ich will ihn auf keinen Fall alleine lassen.

c. Mein Zwerg hat ihr einen unglaublich schönen Kettenanhänger geschmiedet. Ich werde sie damit überraschen und freu mich auf eine tolle Party.

6. Du brauchst neue Stiefel. Mit wem gehst du shoppen?

a. Mit meiner Freundin. Da kann ich ihr auch gleich vom Zwerg erzählen.

b. Mit meiner Mutter. Sie will ja auch bezahlen.

c. Gar nicht. Ich bestell sie im Internet und verbring den Nachmittag bei meinem Zwerg, ohne dass es jemand bemerkt.

7. Was ist dein Lieblingsurlaubsziel für den nächsten Sommer?

a. Pyrenäen! Da gibt es so tolle Steinformationen – schließlich muss ich mein Wissen über Berge auf Vordermann bringen.

b. Mallorca. Dort war mein Zwerg noch nie.

c. Ich trampe mit meiner besten Freundin durch Griechenland.

Hier findest du die Anzahl der Punkte, die du dir zuschreiben kannst:

Punkte für …	Antwort a	Antwort b	Antwort c
Frage 1	3	5	1
Frage 2	5	3	1
Frage 3	1	3	5
Frage 4	1	5	3
Frage 5	1	3	5
Frage 6	3	1	5
Frage 7	3	5	1

Auswertung

Bis 17 Punkte:
Dieser Typ ist dein bester Freund, keine Frage. Du kannst mit ihm über alles reden, ihr habt (fast) keine Geheimnisse (außer die Sache mit dem Schatz) und er kocht dir auch nachts um halb drei noch einen Topf Spaghetti, wenn du Liebeskummer hast (aber erzähl ihm nichts vom Elfenflirt!). Nur, ein Lover ist er nicht und das wird er auch nie werden.

18 bis 27 Punkte:
Oh! Zwischen euch knistert und prickelt es ja ganz schön. Freundschaft oder Liebe, ihr balanciert auf einem schmalen Grat und noch ist nicht klar, ob es mehr wird oder nicht. Doch lass dich warnen: Wenn du eine handfeste Affäre wagst und scheiterst, ist die Freundschaft wahrscheinlich auch hinüber.

28 bis 35 Punkte:
Mach dir nichts vor: Du magst vielleicht vor deinen Freunden so tun, als ob da nichts läuft, aber wenn du ehrlich bist, dann weißt du es schon längst – ihr seid eigentlich ein Paar. Zumindest bist du bis über beide Ohren verknallt!

Auch die beste Freundschaft hat ein Ende?

Zwerge sind treu und anhänglich. Das heißt aber nicht, dass man sie nicht auch wieder loswird.

Hier ein paar Bosheiten, wie man Zwerge so richtig in Rage bringen kann:

- ein paar Mal ordentlich beleidigen
- Blumen richtig überdüngen und dann sagen, dass es der Zwerg war
- Schatz klauen
- sich mit Elfen treffen!

Das hält keine Freundschaft aus und auch der geduldigste und toleranteste Zwerg wird von dir bald die Nase voll haben. Also übertreib es nicht. Denn einmal so richtig in Rage gebracht, können Zwerge ganz schön garstig und boshaft werden. Und mit einem Zwerg als Feind hast du wirklich keine Freude.

Beliebte Bosheiten von Zwergen, wenn sie in Rage sind:

- beleidigen
- Blumen überdüngen/abknicken/heimlich umpflanzen und sagen, dass du es warst
- Schatz klauen

Was du noch wissen willst …

Bücher, die du nicht aus der Hand legen wirst

Du liebst ganz offensichtlich Immortals. Kannst nicht genug von ihnen haben! Dann haben wir hier ein paar Buchtipps zum Weiterschmökern für dich …

Stephenie Meyer **Bis(s)-Reihe** – Dahinschmelzen bis zum Morgengrauen, den Atem anhalten bis zur Morgendämmerung – heiße Romantik und tragische Eifersucht. Die wahre Liebe von Bella und Edward, die Grenzen überwindet, ist einfach zum Seufzen schön!

Lynn Raven **Der Kuss des Dämons und die zwei Nachfolgebände** – wer für Glitzervampire nichts übrig hat, ist vielleicht mit dem unnahbaren Julien DuCranier besser bedient.

Kai Meyer **Arkadien erwacht** – Romeo-und-Julia-Variante mit Wergeschöpfen, düster und spannend

Nina Blazon **Schattenauge** – süffiger Roman mit exotischem Wergeschöpf, packend!

Tom Becker **Darkside** – turbulente Abenteuer in einer Parallelwelt unter London mit Werwölfen – zum Nägelkauen!

Zena Holloway **Im Reich der Feen** – betörendes Märchen mit unglaublichen Fotos voller Magie!

Tanja Heitmann **Schattenschwingen** – die Liebe von Mila ist so stark, dass sie einen Engel in die Welt der Menschen zurückholt; romantisch!

Silvana de Mari **Der letzte Elf** (und die Folgebände) – poetisch, mitreißend, fesselnd!

Holly Black/Ted Naifeh **Feenland** – Elfenfantasy als Graphic Novel, klasse umgesetzt!

Melissa Marr **Gegen das Sommerlicht** und die Folgebände – zarte Elfen bezaubern einfach mit ihrer Stärke!

Ria La Forêt **Der Vampir, der ein Werwolf war – und andere verheerende Irrtümer** (Blutige Feder 2015) – der Titel verrät schon alles; Lachkrämpfe nicht ausgeschlossen!

Meg Cabot **Susannah – Auch Geister haben hübsche Söhne** – witzig luftige Liebesgeschichte voller turbulenter Ereignisse – übernatürlich gut!

Isabel Abedi **Lucian** – Liebe ist nicht nur federleicht, auch wenn ein Engel im Spiel ist! Dahinschmelzpegel hoch!

Mari Mancusi **Jungs zum Anbeißen** – Romantik pur und Turbulenzen im Teeny-Alltag.

Immortal Lovesongs – Lieder, die ihr zusammen hören könnt

Es gibt die Playlist oder den Soundtrack eines Sommers, genauso wie den einen Song, der dein Gefühl trifft, der dich für immer an ihn erinnern wird oder der euer gemeinsames Lied wird. Vielleicht ist er ja hier dabei:

My Chemical Romance **Vampires will Never Hurt You**

HIM **Vampire Heart**

The Black Ghosts **Full Moon**

Annie Lennox **Love Song for a Vampire**

Concrete Blonde **Bloodletting (The Vampire Song)**

Moonspell **Vampiria**

Madrugada **The Hour of the Wolf**

Enya **Herr der Ringe**

The Gorillaz **Hip Albatross**

Michael Jackson **Thriller**

The Killers **A White Demon Love Song**

La Roux **In for the Kill**

Gossip **Heavy Cross**

Tokio Hotel **Rette mich**

Robbie Williams **Angel**

Elvis Presley **Devil in Disguise**

Jeff Buckley **Hallelujah**

Leonard Cohen **Waiting for the Miracle**

Poe **Haunted**

Tori Amos **Happy Phantom**

LA FEE **Sterben für dich**

Eisblume **Louise**

Ich und Ich **Pflaster**

Jennifer Rostock **Es tut wieder weh**

Placebo **Running up that Hill**

The Doors **Ghost Song**

Evanescence **Fallen**

Within Temptation **Angels**

The Rasmus **Ten Black Roses**

Nightwish **Beauty of the Beast**

Heartbreaker –
die romantischsten Immortal Top 10: Für jede Gelegenheit, jeden (un)toten Jungen und jeden Liebes-Soundtrack geeignet …

1. Sinead O'Connor **Nothing Compares to You**
2. Meat Loaf **I Would Do Anything for Love**
3. Evanescence **My Immortal**
4. Shakespeare's Sister **Stay**
5. HIM **Join Me**
6. The Bangles **Eternal Flame**
7. Nick Cave & Kylie Minogue **Where the Wild Roses Grow**
8. Chris Isaak **Wicked Games**
9. Pink Floyd **Wish You Were Here**
10. Bonnie Tyler **Total Eclipse of my Heart**

Filme & Serien, die dir gefallen könnten

Hier findest du ein paar Filme und Fernsehserien, die ganz nach deinem Geschmack sein könnten – manche romantisch, manche spannend, andere schnell und hart, ein paar retro …

28 Days/28 Weeks later – nur zu Studienzwecken: garantiert die Zombies, denen du nicht begegnen willst!

Angel (TV) – tragischer Vampir mit unerfüllter Liebe und dann auch noch mit Seele – schmacht!

Blade – coole Ledermäntel, noch heißere Waffen und ein Vampir, der bei Tage aktiv ist – für Hartgesottene

Blood Ties (TV) – Vampir, Polizeiermittler, intelligente Privatschnüfflerin – ein explosives Dreiergespann, und es bleibt unsicher, wohin die Liebe fällt …

Bram Stokers Dracula – der Klassiker unter den Vampirfilmen

Buffy, die Vampirjägerin (TV) – Highschooljägerin auf Vampir- und Dämonenfang gerät in die Liebesfalle – düsterer blonder Vampir zum Mitleiden (und Anbeißen)!

The Crow – der junge Gitarrist Eric wird von einer Krähe vom Tod ins Leben zurückgebracht, um den tragischen Tod seiner Geliebten zu rächen. Liebe weit über den Tod hinaus, sehr romantisch.

Mitternachtszirkus – Welt der Vampire – ein klassischer Blutsauger ist Darren Shan nicht, aber seine Geschichte ist spannend, trotz fehlender Romanze!

Constantine – ausgerechnet der von der Welt schon abgeschriebene Zyniker kann die Welt vor dem Zorn eines gefallenen Engels retten – Ironie des Schicksals!

Dawn of the Dead & Shawn of the Dead – Zombies brutal, Zombies witzig – eins funktioniert schlecht ohne das andere!

Daybreaker – den Vampiren geht das Menschenblut aus – satte Action, coole Dialoge!

Die Schöne und das Biest (TV) – ultraretro, aber superunterhaltsame Liebesgeschichte zwischen einer Anwältin und dem Anführer einer Unterweltgesellschaft von Mutanten

Dogma – gefallene Engel in Weltzerstörerlaune und ein musikalischer Gott, der eine Frau ist – abgefahrenes Kultvergnügen!

From Dusk til Dawn – ein echter Tarantino – müssen wir mehr sagen?

Ghostwhisperer (TV) – leidend schauende Hauptdarstellerin rettet Geister und verhilft ihnen in die nächste Welt; nur in kleinen Dosen oder zu Studienzwecken konsumierbar

Heroes (TV) – coole Jungs mit besonderen Fähigkeiten lassen mitfiebern!

Herr der Ringe-Trilogie – Hobbits, Zauberer, Elfen, Zwerge und sonstige Helden und fast keine weibliche Konkurrenz – was will man mehr?

Interview mit einem Vampir – anziehende Jungs saugen sich durch die Jahrhunderte, altern nicht und zerbrechen fast daran; zum Heulen schöne Bilder!

Let the Right One in – schwedische Vampirvariante – eindringlich!

Nosferatu – Stummfilm von 1922; einer der ersten Horrorfilme – atmosphärisch!

Supernatural (TV) – hübsche Jungs lösen paranormale Fälle

True Blood (TV) – Kellnerin kann nicht nur die Gedanken anderer lesen, sondern verliebt sich auch noch ausgerechnet in einen Vampir – amüsant und unterhaltsam!

Twilight/New Moon – Romantik, Tragik, Liebe, Eifersucht – der ultimative Vampir-Schmachtfilm und seine Fortsetzung!

Underworld I–III – Clan-Kämpfe, Schlachten zwischen Werwölfen, genauer: Lykanten, und Vampiren, leinwandfüllendes Spektakel!

Vampire Diaries (TV) – zwei blutsaugende Brüder, ein Mädchen dazwischen; düster und spannend!

… und ein Wort zum Schluss

Dir ist immer noch kein Unsterblicher über den Weg gelaufen?

Klar sucht jede von uns nach dem einen, der anders ist. Der uns versteht, so nimmt, wie wir sind. Nur einen Sunnyboy für die schönen Tage brauchen wir alle nicht. Werwölfe können ganz schöne Kletten sein. Vampire – seufz – wollen halt oft doch nur dein Blut, egal wie charmant sie scheinen mögen. Wo die Liebe hinfällt, lässt sich nicht immer steuern. Aber manchmal ist das Ferne ganz nah, liegt die Liebe nur eine Straßenecke entfernt: Wenn du den Nachbarsjungen schnuckelig, nett und einfach nur hinreißend findest, dann lass dich nicht abhalten, sondern setz alles, was du hier über Vampire, Werwölfe, Dämonen und andere Kreaturen gelernt hast, im Alltäglichen ein. Schnapp dir deinen Schwarm, auch wenn er sterblich ist!

Viel Spaß!

Ria La Forêt

Danksagung

Besonderer Dank an folgende fantastische Männer, die für das Entstehen dieses Dating-Guides einfach inspirierend waren. Jungs, ihr seid klasse!

Robert J., you rock our world in so many ways!

Robert C., der ab und an im Wurmloch verschwand und doch immer wieder rechtzeitig auftauchte, um uns dahin mitzunehmen.

Tobi B., für Welpencharme und Inspiration, namaste!

Rüdiger G., für kluge Ratschläge, besten Wein und alle Lektionen zum Thema »Geduld«.

Sebastian S., bei dem wir die wichtigsten Flirttipps getestet haben und der wundersamerweise komplett immun blieb – oder?

Dank auch an all jene Autorinnen und Autoren, die mit ihren Kreaturen dieses Buch möglich gemacht haben. Stellvertretend ein ehrfurchtvolles »Chapeau!« der großen Dame des Genres, Anne Rice, der immer noch vieles überstrahlenden Pionierin Mary Shelley – und dem Dreamking Neil Gaiman. Das Menschliche in euren Werken ist das, was nachwirkt.

Susanne und Ivana für den Spaß an der Freud!

DIE AUTORIN

Ria La Forêt ist blutjunge 400 Jahre alt und residiert mit der Zauberelfe ihres Herzen derzeit am anderen Ende der Welt. Dort, wo die Berge die Wolken küssen und die sieben Winde dem Meer Geheimnisse zuflüstern, ist sie der ganzen Wahrheit über Wölfe, Geister und dem Rest des Universums auf der Spur. Und dann erzählt sie davon …

DIE KÜNSTLERIN

Isabelle Metzen wurde 1984 im tiefen Sauerland mit einem Stift in der Hand geboren. Seitdem lebt sie für ihre Bilder, zeichnet für ihr Leben gerne, und wenn sie gerade nicht in ihren Gedankenwelten residiert, meistert sie ihr Leben als Illustratorin.

Dein Immortal Lovesongs-CD-Cover

Musik ist magisch und erinnert an die schönsten Momente eures Zusammenseins. Stell dir und deinem Schwarm doch einen eigenen, ganz individuellen Soundtrack eurer Liebe zusammen …

Lisa J. Smith

Tagebuch eines Vampirs

Vierhundert Jahre ist es her, dass die Florentiner Brüder Stefano und Damon aus Liebe zu der schönen Catarina zu erbitterten Feinden – und durch Catarinas Fluch – zu Vampiren wurden. Und noch immer ist der Kampf der Brüder nicht entschieden.

Im Zwielicht
256 Seiten
ISBN 978-3-570-30497-6

Bei Dämmerung
256 Seiten
ISBN 978-3-570-30498-3

In der Dunkelheit
256 Seiten
ISBN 978-3-570-30499-0

In der Schattenwelt
256 Seiten
ISBN 978-3-570-30500-3

Rückkehr bei Nacht
600 Seiten
ISBN 978-3-570-30664-2

Meg Cabot

Susannah

Susannah ist nicht so wie andere Mädchen: Sie trägt lieber zerrissene Jeans statt rosa Klamotten. Und sie kann Geister sehen, was sie nicht als besonders tolle Gabe empfindet. Als Susannah mit ihrer Mutter umzieht, hofft sie, dass der Spuk ein Ende hat. Doch als sie einen attraktiven jungen Geist in ihrem neuen Zuhause vorfindet, beginnt ihre Welt Kopf zu stehen ...

Susannah – Auch Geister können küssen
288 Seiten, ISBN 978-3-570-30197-5

Susannah – Auch Geister haben hübsche Söhne
288 Seiten, ISBN 978-3-570-30198-2

Susannah – Auch Engel sind gefährlich
288 Seiten, ISBN 978-3-570-30615-4

6401/3

cbt

www.cbt-jugendbuch.de